REVENGE OF THE LAWN
Stories of 1962-1970

Richard Brautigan

草坪的复仇

[美] 理查德·布劳提根 著

潘其扬 肖水 译

GUANGXI NORMAL UNIVERSITY PRESS
广西师范大学出版社

·桂林·

图书在版编目（CIP）数据

草坪的复仇 /（美）理查德·布劳提根著；潘其扬，肖水译.--桂林：广西师范大学出版社，2022.1（2025.7重印）
书名原文：Revenge of the Lawn
ISBN 978-7-5598-4366-1

Ⅰ.①草… Ⅱ.①理… ②潘… ③肖… Ⅲ.①短篇小说 – 小说集 – 美国 – 现代 Ⅳ.①I712.45

中国版本图书馆CIP数据核字（2021）第224252号

著作权合同登记号桂图登字：20-2021-304号

CAOPING DE FUCHOU
草坪的复仇

作　　者：（美）理查德·布劳提根
责任编辑：谭宇墨凡
特约编辑：苏　骏　唐继尧
装帧设计：山　川
内文制作：陆　靓

广西师范大学出版社出版发行
　广西桂林市五里店路9号　邮政编码：541004
　网址：www.bbtpress.com
出版人：黄轩庄
全国新华书店经销
发行热线：010-64284815
北京启航东方印刷有限公司印刷
开本：889mm×1194mm　1/32
印张：7　字数：97千字
2022年1月第1版　2025年7月第10次印刷
定价：38.00元

如发现印装质量问题，影响阅读，请与出版社发行部门联系调换。

此书献给唐卡彭特

目 录

草坪的复仇

　　我的祖母，以她独特的方式，像灯塔一样照耀着暴风雨中的美国往事。她生活在华盛顿州一个小县，是个走私酒贩。她也是一位优雅的女性，身高接近六英尺，体重达到一百九十磅，颇有二十世纪初歌剧演员的身板。她专供波本威士忌——虽有点粗犷，但在禁酒令[1]时代是十分紧俏的饮品。

　　当然，她够不上女版阿尔·卡彭[2]，但人们常说，她走私的本事真是当地传奇故事的丰饶角。县警局那里她早就打点好了。当时，警长每天早上都给她打电话，给她播报天气，告诉她自己家的鸡

1　原文为"Volstead Act"，指美国于 1920 年开始施行的宪法第 18
　　号修正案——《沃尔斯特德法案》，也就是禁酒法案。——本书脚
　　注均为译者注。

2　美国黑帮教父，被称为"芝加哥之王"。

下蛋的情况。

我能想象到她和警长说:"欸,警长啊,祝愿你母亲早日康复啊。上个礼拜我也感冒了,喉咙很疼。我到现在还有点鼻塞。代我向她问好,让她下次来我家附近的时候到我家坐坐。还有,如果你要那个箱子的话,你就来拿吧。或者一等杰克把车开回来,我就叫人给你送去。

"不,我不确定我今年会不会去消防员舞会,但你知道我的心与消防员们同在。要是你今晚看我没去,你就这么告诉小伙子们。不,我会尽量参加的,但我感冒还没好透,每到晚上就严重起来。"

我祖母住在一栋三层楼的房子里,那时候这房子已经很旧了。前院有一棵梨树,由于多年没铺草坪,泥土被雨水侵蚀得厉害。

围着草坪一圈的尖桩围栏早就不见了,人们把车直接开到门廊前。冬天,前院就是一个泥坑;夏天,它像石头一样硬。

杰克常咒骂前院,好像它是个活的东西。他和我祖母在一起住了三十年。他不是我的祖父,他是个意大利人。他当时开车经过,推销佛罗里达州的地皮。

在这块总是下雨、人们都爱吃苹果的土地上，他挨家挨户推销着一个永远不缺橙子与阳光的愿景。

杰克在我祖母家门口停下来，向她兜售离迈阿密市中心仅一步之遥的地皮。一个礼拜之后，他就已经在帮她送威士忌货了。他一待就是三十年，佛罗里达州没有他推销也还行。

杰克恨透了前院，因为他觉得这个前院在与他作对。杰克刚来的时候草坪还很整齐，但他让草坪荒掉了。他拒绝浇水或者以任何方式打理它。

这样一来，夏天时，地面变得硬到会让他的车爆胎。院子总有办法把一颗钉子扎进他的车胎里，或者冬天开始下雨后，他的车就被整个淹没。

这块草坪属于我的祖父。他的晚年都在一间疯人院里度过。这块草坪让他引以为傲，据说这也是他超能力的来源。

我祖父是个华盛顿的微不足道的神秘主义者，他在 1911 年预言了第一次世界大战开始的确切时间：1914 年 6 月 28 日 [1]，但这让他承受不了。他

---

[1] 一般认为"一战"开始的时间为 1914 年 7 月 28 日，以奥匈帝国向塞尔维亚宣战为标志。发生于 6 月 28 日的"萨拉热窝事件"只是"一战"的导火线。

的超能力没给他带来任何好处，因为1913年他被关进了疯人院。他在州立疯人院待了十七年，认为自己是个孩子，每天都是1872年5月3日。

他坚信自己六岁，那天是一个可能要下雨的阴天，他的妈妈在烤巧克力蛋糕。对我祖父而言，每天都是1872年5月3日，直到1930年他去世。那块巧克力蛋糕烤了足足十七年。

我祖父留下一张相片。我长得和他很像。唯一的区别是我身高超过六英尺，而他还不到五英尺。他对于自己长得很矮这事有个黑暗的想法。他觉得自己如此贴近大地和他的草坪，会有助于他预言第一次世界大战开始的日期。

他没能见证战争开始真的相当可惜。要是他能晚一年回到他的童年，避开那巧克力蛋糕，他所有的梦想都能成真。

在我祖母的房子上，总是留着两个无人修理的凹痕，其中一个是这么来的：到了秋天，前院的梨树成熟，梨子会掉在地上然后开始腐烂，上百只蜜蜂就会成群聚集过来。

这些蜜蜂不知从何时起养成了每年蜇杰克两三次的习惯。它们总会找到最有创意的方法。

有次，一只蜜蜂进了他的钱包，他去商店买晚饭，浑然不知他口袋里装的是什么灾难。

他拿出钱包来结账。

杂货店老板说："一共 72 美分。"

"啊啊啊啊啊啊啊啊啊啊啊啊啊啊啊啊啊啊啊啊啊啊啊啊啊啊啊啊！"杰克回答道，低头看着一只蜜蜂正忙着蜇他的小指。

房子的第一个凹痕是另一只蜜蜂造成的。在那个股市大跌、梨子丰收的秋天，一只蜜蜂在杰克把车开进前院的时候，飞到了他的雪茄上。

蜜蜂顺着雪茄爬去，杰克呆住，惊恐地斜眼看着它。蜜蜂蜇了他的上唇。他的反应是立即把车开进房子。

杰克完全不打理草坪后，那个前院也有了相当多的故事了。1932 年的一天，杰克外出为我祖母跑腿或交付些货。她想倒掉旧麦芽浆，新做一批。

因为杰克不在，她决定自己动手。祖母穿上了一套她用蒸馏器时穿的铁路工装服，把麦芽浆转移进一辆独轮车，将它倒进了前院。

她在房子外散养了一群鹅，他们[1]住在车库里。自从杰克前来推销佛罗里达州愿景后，这个车库就闲置了。

杰克有个念头，他认为一辆汽车有自己的房子是荒唐的。我认为这是他在自己家乡学到的东西。那是个用意大利语写出来的地方，因为这是杰克谈论车库时唯一使用的语言。除此之外，他干什么都用英语，但一提到车库，只说意大利语。

祖母把麦芽浆倾倒在梨树附近的地上后，就回地下室操作蒸馏器，鹅都聚集在麦芽浆周围，开始讨论有关事宜。

我猜他们最终达成了共识：他们一同开始吃起麦芽浆来。他们一边吃，眼睛变得越来越亮，那享受的吞咽声也越来越响亮。

过了一会儿，一只鹅把头扎进泥里，忘了拔出来。另一只鹅疯狂地咯咯叫着，试图用一条腿站起来，像 W.C. 菲尔茨[2] 在模仿一只鹳。他保持这个

1　因下文所有指涉鹅的第三人称代词均使用了"he"，故译文采用"他""他们"来指代。

2　W.C. 菲尔茨（1880—1946），美国喜剧演员，以尖锐拖长的声音与浮夸的用词著名。

姿势大约一分钟，然后向后倒去。

我祖母发现他们都躺倒在麦芽浆周围。他们看起来像是被机枪扫过。从她歌剧演员般的雄壮身高视角看来，她认为他们都死了。

她的反应是先拔光了他们所有的羽毛，把赤裸的尸体堆进独轮车，推到地下室。她来来回回跑了五趟。

她把他们像积木一样，堆放在蒸馏器附近，等待杰克回来处理。打算留一只当晚餐，剩下的都拿到小镇去卖掉赚点钱。操作完蒸馏器后，她上楼去睡午觉了。

大约一小时后，鹅醒了。他们宿醉得厉害。他们迷迷糊糊地让自己站起来，精疲力竭。突然，一只鹅发现自己身上一片羽毛也没有。他也把这一情况告诉了其他鹅。他们都绝望了。

他们成群结队地从地下室鱼贯而出，晃荡而绝望。杰克驱车进入前院时，他们在梨树边站成一堆。

当他看到那些被除光羽毛的鹅站在那里的时候，他一定想起了那只蜜蜂蜇他嘴巴的场景。因为他突然像个疯子一样，拔出嘴里的雪茄，尽全力把它甩掉。他的手戳破了挡风玻璃，这一壮举让他缝了三十二针。

在二十世纪，杰克第二次也是最后一次把车撞上屋子时，鹅就站在梨树下，像在推销一些粗糙、原始的美国阿司匹林。

我生命的最初记忆是在我祖母的前院里。这一年不是 1936 年，就是 1937 年。我记得的那个人，多半是杰克，他砍倒梨树，在上面浇上煤油。

即便作为生命的最初记忆，这也够奇怪的：看着一个人把几十加仑的煤油倒在一棵三十多英尺的躺倒的树上，点上火，而树枝上的果实还是绿色的。

1692 年的科顿·马瑟[1]新闻短片

哦！ 1939 年华盛顿州塔科马市的女巫，现在我越来越能理解你，可你现在在哪儿呢？那时候，我还是个孩子，门也拥有着它们自己的、几乎是人性的含义。在 1939 年，打开一扇门有着特殊的意味，孩子们过去常常取笑你，因为你是一个独自住在街对面阁楼里的疯女人。我们像两只贫民窟麻雀，就坐在街对面的排水沟里看着你。

我们当时四岁。

我想那时的你和现在的我差不多年纪。孩子们总是拿你开玩笑，在你背后大喊："疯女人来了！快跑！快跑！女巫！女巫！别让她直视你的眼睛。

1　1692 年 2 月至 1693 年 5 月间，科顿·马瑟任清教徒殖民区塞勒姆审巫案主持教士、女巫猎手。

她盯住我了！快跑！救命！快跑！"

现在我成了看起来有些像你的嬉皮士，留着长头发，穿着奇装异服。我在 1967 年看起来和你在 1939 年时一样疯癫。

小孩子们在旧金山的清晨对我大喊："嘿，嬉皮士！"正像我们那时在你踱步走过塔科马的黎明时喊："嘿，疯女人！"

我猜你已经习惯了，就像我已经渐渐习惯了一样。

小时候，我胆子大敢冒险。只要谁问我敢不敢干什么，我都会说敢。呃！我之后还做了好多令人难堪的事情，我像矮小的堂吉诃德，脚下留下一连串的大冒险。

我们坐在排水沟里发呆。也许我们在等待女巫出现，或者等待任何事发生，让我们有些事干。我们在那里坐了快一个小时了：小孩的计时法。

我的朋友说："我赌你不敢进女巫的房子，从窗口向我招手。"总算有点事可做了。

我抬头看着街对面女巫的房子。她的阁楼上有一扇窗户正对着我们，就像出自恐怖电影的一张剧照。

"好吧。"我说。

"你挺有种。"我的朋友说。我现在已记不清他的名字。过去的几十载岁月把它从我的记忆中抹去了，脑海中本应有他名字的地方空空如也。

我从排水沟里爬起来，穿过街道，绕到屋子后面，楼梯通向她的阁楼。灰色的木台阶像一只老母猫，要上三层楼梯才能到她门前。

楼梯底部有几个垃圾桶。我想知道究竟哪一个是女巫的。我掀起一个垃圾桶盖子，看里面有没有女巫的垃圾。

没有。

垃圾桶里全是很平常的垃圾。我掀起边上的一个垃圾桶盖子，但里面也没有女巫的垃圾。我也看了第三个，但是它和前两个一样——没有女巫的垃圾。

楼下一共三个垃圾桶，这栋房子算上她的阁楼一共三间公寓。其中一个垃圾桶肯定是她的，但她的垃圾和其他人的垃圾没有任何区别。

那么……

我走上通向阁楼的楼梯。我小心翼翼地走着，好像抚摸着一只正在哺乳的老灰猫。

我终于走到了女巫家门口。我不确定她是不是在家。她有可能真的在家。我想先敲门，但这好像有些蠢。如果她在家，她会当着我的面把门摔上，或者会问我想干吗，然后我就会尖叫着跑下楼梯："救命！救命！她刚刚看了我一眼！"

　　那扇门高耸而沉静，颇具人性，像个中年妇女。我像修理钟表一样小心翼翼地打开门，感觉自己好像在抚摸她的手。

　　一进房间就看到女巫的厨房，她不在里面，但那里有二三十个插满花的花瓶、罐子和普通瓶子。它们堆满了厨房的桌子、所有立架和壁架。有些花已经蔫了，有些花还新鲜。

　　第二个房间是客厅，她也不在里面。但同样有二三十个插满花的花瓶、罐子和普通瓶子。

　　这些花让我心跳加速。

　　她的垃圾欺骗了我。

　　我走进最后一个房间，那是她的卧室，她也不在里面。但房间里还是有二三十个插满花的花瓶、罐子和普通瓶子。

　　床的旁边立着一扇窗户，就是那扇对着街道的窗户。黄铜的床架，上面有一床满是补丁的被子。

我走到窗前，站在那里低头盯着坐在排水沟里仰望着窗户的朋友。

他不敢相信我正站在女巫的窗前，我慢慢地向他挥手，他也慢慢地向我挥手。我们之间似乎很遥远，就好像两个人身处在不同的城市互相挥手，也许在塔科马市与塞勒姆镇之间，我们的挥手只是另外两个人挥手后，跨越数千英里的回响。

现在，完成了自己的大冒险，我在房子里转过身来，那栋房子像一座浅土的花园，我所有的恐惧都像花丛塌方一样倾泻在身上，我高声尖叫着往外跑，跑下楼梯。我的声音听起来好像我刚刚踩了一坨独轮车大小、还冒着热气的龙屎。

当我尖叫着从屋子后面跑出来时，我的朋友从排水沟里跳了起来，开始尖叫。我猜他以为女巫在追我。我们尖叫着跑过塔科马的街道，我们自己的声音也追着我们跑，就像1692年的科顿·马瑟新闻短片。

一两个月后，德军入侵了波兰。

三分之一，三分之一，三分之一

所有的东西都得分成三份。我打字拿三分之一，她做编辑拿三分之一，他写小说拿三分之一。

我们打算把版税也分三份。我们都握了手表示同意，每个人都明白该做些什么、我们面前的道路是什么、最后的收获有什么。

我成了三分之一合伙人，因为打字机是我的。

我住在自己用纸板盖成的棚屋里，街对面是福利机构为她和九岁的儿子弗雷迪租的破旧老房子。

小说家住在一英里外锯木厂池塘边的房车里，他是锯木厂的看守人。

当时我大约十七岁，那是许多年前。在1952年那片黑暗、多雨的太平洋西北地区[1]的土地上，

1　指美国西北部和加拿大西南部濒临太平洋的地区。

我感到孤独和陌生。我现在三十一岁了，我仍然不明白我当年那样生活的意图。

她是那种永远都很柔弱的女性，将近四十岁，曾经非常漂亮，是路边旅馆和啤酒店顾客非常关注的对象。现在她靠领福利过活，她的整个生活都围绕着每月收到福利支票的那一天转。

"支票"是他们生活中带有宗教意味的词语，所以他们每次谈话都至少能说上三四次。不论你们在谈什么。

这位小说家年近半百，身材高挑，脸色微红，看起来好像生活给了他无尽的会脚踏两只船的女友、每周五天的烂醉和离合器出故障的车。

他写这部小说是因为他想讲一个多年前他在丛林里工作时发生的故事。

他也想赚点钱：三分之一。

我参与进这件事的过程是这样的：有一天，我站在我的棚屋前，吃着苹果，盯着残破得让人牙疼的阴沉天空，天快要下雨了。

我望着天空，吃着苹果，好像这件事是我的工作一样，就是这么投入。如果我盯着天空看足够长的时间，你会以为是有人付了很高的工资和退休金雇我来做这件事。

"嘿！叫你呢！"我听到有人大喊。

我望向对面的泥坑，是那个女人。她穿着她一直穿的那种绿色方格厚毛呢大衣。她只有在要去市中心的福利机构时才会换上另一件皱巴巴的鸭灰色外套。

我们住在小镇的穷人区，这里的路都没铺过。这条所谓的街不过是另一个你不得不往里面踏的大泥坑。这条街上完全开不了车。车要在另一个频率上行驶，沥青和砾石更适合它们。

她穿着一双过冬时天天穿的白色橡胶靴子，这靴子让她看起来像个小孩。她非常柔弱，完全是依靠着福利机构过活，以至于她常常看起来像一个十二岁的孩子。

"什么事？"我说。

"你有台打字机，对吧？"她说，"我经过你的小屋，听到过你在打字。你经常在晚上打字。"

"对，我有一台打字机。"我说。

"你打字技术怎么样？"她说。

"还不错吧。"

"我们没有打字机。你想加入我们吗？"她隔着泥坑朝我喊道。她看起来是一个漂亮的十二岁女孩，穿着白色靴子站在那里，是所有泥坑中最美的甜心和宠儿。

"'加入'是什么意思？"

"唔，他在写一本小说，"她说，"他写得不错。我在做校订。我读过很多口袋书和《读者文摘》[1]。我们需要一个有打字机的人把小说打出来。你会分到三分之一。怎么样？"

"我想看看这部小说。"我说。我不清楚现在是什么情况。我知道她有三四个男朋友，他们经常来她家。

"当然！"她喊道，"你必须先看到它才能把它打出来。过来吧。我们现在就去他那里，你可以见见他，看看小说。他人很好。这书也相当不错。"

"好吧。"我说，然后绕着泥坑走到她站的地方，她在自己邪恶牙科诊所一般的家门口，看起来十二岁的样子，离福利办公室大约两英里。

"我们走吧。"她说。

---

1 1922年创刊的美国杂志，是一本覆盖面广的家庭杂志。

我们走上公路。沿公路经过泥泞的水坑、锯木厂池塘和被雨水淹没的田地，直到我们来到一条穿过铁轨的路上。这条路连接了半打小锯木厂池塘，池塘里漂满了黑色的冬季原木。

我们几乎没讲话，只提到她的支票已经晚了两天，她不得不打电话给福利机构，他们说，他们已经寄出了支票，明天应该会到，但是如果明天没到，再打电话来，我们会为你准备一份紧急汇票。

"那么，我希望它明天就会到吧。"我说。

"我也是，否则我就得去市区一趟。"她说。

最后一个锯木厂池塘旁边，停着一辆黄色的旧房车，架在木块上。只要扫一眼那辆房车，你就知道它根本不会再去别的什么地方了。对它而言，公路就是遥不可及的天堂，只能对着它祈祷。房车看上去很可怜，有着一根墓地般的烟囱，上面萦绕着参差不齐的死烟。

一种半狗半猫的生物正坐在门前粗糙的木板搭成的门廊上。那生物半汪半喵地冲我们叫："阿费欧！"它从拖车下面冲过来，躲在一个木块后面盯着我们看。

"就是这里。"女人说。

房车的门打开了，一个男人走上门廊。门廊上堆放着一堆木柴，上面盖着一块黑色的油布。

这个人把手搭在眉头，挡住眼睛，不让他想象中刺眼的阳光照到眼睛，尽管天快要下雨，已经变暗了。

"你好。"他说。

"嗨。"我说。

"你好，亲爱的。"她说。

他握了握我的手，欢迎我进他的房车，然后在我们都进去之前，他轻吻了一下她的嘴。

这个地方又小又泥泞，闻着像陈旧的雨水。一张没铺过的大床，看起来参与过在十字架的这一面[1]最悲伤的做爱。

屋子里有一张铺了桌布的绿色半圆桌、几把长得像昆虫的椅子、一个小水槽和一个用来做饭和取暖的小炉子。

小水槽里有一些脏盘子。这些盘子看起来好像从来没洗干净过：生来就这么脏，然后就这么用

1　基督教文化传统中，十字架的这一面（"this side of The Cross"）指人世、现实世界。十字架的那一面则指的是天堂。

下去。

我可以听到房车里有台收音机在放西部音乐，但是我找不到它。我到处找了找，但目光所及之处都没有。它可能被埋在什么衬衫下面。

"他就是那个有打字机的小孩，"她说，"他打字分三分之一。"

"听起来挺公平，"他说，"我们需要有个人打字。我以前从来没干过这个。"

"要不然给他看一下吧？"她说，"他想看一看。"

"好吧。但写得不怎么仔细，"他对我说，"我只上到四年级。她来校订，改正语法和逗号之类的错误。"

桌上放着一本笔记本，烟灰缸里估计有六百个烟头。笔记本封面上是一张霍普隆·卡西迪[1]的彩色图片。

霍普隆看起来很疲惫，仿佛前一天晚上他在好莱坞到处追求还没火的女明星，快要没力气回到马鞍上。

1　克拉伦斯·E.马福德笔下的虚构牛仔人物。

笔记本上大约有二十五到三十页的内容。一团糟的小学水平文法：印刷和手写之间的不幸联姻。

"我还没写完。"他说。

"你来打字。我来校订。他来写作。"她说。

这是一个关于年轻的伐木工人爱上女服务员的故事。这部小说从 1935 年俄勒冈州北本德市的一家餐馆开始。

年轻的伐木工人坐在桌旁，女服务员正在等他点菜。她非常漂亮，金发碧眼，脸颊红润。那个年轻的伐木工人点了小牛排，配土豆泥和乡村肉汁。

"嗯，我来校订。你可以打字，对吧？这不算麻烦吧？"她用一个十二岁的声音说，福利机构在她肩膀上方偷看。

"不麻烦，"我说，"这很容易。"

突然，外面开始下大雨，没有任何预兆。大雨倾盆，几乎摇动了房车。

你恨喜焕小泮排不是吗梅贝尔说她把铅彼举到举到嘴编像平果一样又红又梅！

只由在你为我典丹的饲侯卡尔说他是个脑恬的发木工但是和他那俩有伐木场的粑粑一羊高大强壮！

我汇夺给你肉汁的！

就在尺时残馆的门开辽林师·亚当斯走了进来他恨帅但脾气很叉，这个底方的说有人都怕他但这荡然不抱括卡尔和他粑粑爸爸！

梅贝尔侃见他穿着黑社麦几诺大衣站在那里她下得法抖，他朝她围笑，卡尔感到他的仙血像滚汤的加啡涌动，而且边得疯狂！

你们豪啊林师说梅贝尔脸红得像朵花华时我们就坐在那辆雨天的房车里，敲打着美国文学的大门。[1]

---

[1] 楷体部分为小说家以"小学水平文法"写出的段落，错字连篇且几乎没有标点。

一个加州人的聚集

像大多数加州人一样，我来自其他地方，为了服务加州而聚集于此，就像一朵吃金属的花收集阳光和雨水，然后向高速公路展示自己的花瓣，再让汽车驶入。数百万辆汽车只开进一朵花，充满了堵车的气味，而花里还能再容纳数百万辆车。

加州需要我们，所以它把我们从其他地方聚集起来。我会把你、你、你和我从太平洋西北地区捎上：那是一个闹鬼的地方，在那些过去的日子里，大自然与人们共舞，与我共舞，共跳小步舞曲。

我把所知的一切都从那里带到了加利福尼亚：年复一年的另一种生活——我再也回不去，也不想回首的生活。有时，我甚至觉得那些经历只不过属于另一个和我的体型、认知有些相似的躯壳。

奇怪的是，加州喜欢从别的地方弄来她[1]的人，把我们的记忆留在原处，让我们聚集到加州。这好像是纯粹的能量，就是那种吃金属的花的影子，把我们从别样的生命中召唤出来，都来塑造加利福尼亚，直到最后都变成像停车计时器形状的泰姬陵。

1　本篇中指代加州时，第二段用了"它"，此处用的"她"，原文如此。

加州当代生活小故事

有成千上万故事的开头都是原创的。但这不是其中之一。我认为，开始讲一个关于加州当代生活故事的唯一方法，就是用杰克·伦敦开始《海狼》的方式。我对这个开头有信心。

这个开头适用于1904年，也就适用于1969年。我相信这个开头可以跨越几十年，为这个故事所用，因为这里是加州——我们可以做任何想做的事——一位年轻而富有的文学评论家正乘坐渡船从索萨利托前往旧金山。他刚刚在一个朋友位于米尔谷的小屋里住了几天。朋友把小屋作为冬日阅读叔本华和尼采的居所。他们在一起过得很愉快。

在迷雾中穿越海湾时，他考虑动笔写一篇名为《自由的必要性：为艺术家呼吁》的文章。

当然，沃尔夫·拉森[1]用鱼雷击沉渡船，抓住了那位年轻、富有的文学评论家。他立即变成了一名客舱服务员，不得不穿上滑稽的衣服，帮每个人提一大堆东西。他与年迈的沃尔夫进行了复杂的智性对话，输得一败涂地，被扼住喉咙，被提升为大副，成长，遇到了他的真爱莫德，逃离了沃尔夫，乘一艘粗制滥造的小划艇，在该死的太平洋上四处漂荡，找到了一个岛，建造一座石头小屋，捕海豹，修好一艘破损的帆船，将沃尔夫海葬，被人亲吻，等等：所有这些都是为了给六十五年后的这个加州当代生活小故事一个结尾。

感谢上帝。

---

1 沃尔夫·拉森即小说《海狼》中的"魔鬼号"船长"海狼"。

太平洋收音机火灾

世界上最大的海洋始于或止于加州蒙特雷。这取决于你说的是什么语言。我朋友的妻子刚刚离开了他。她径直走出了门,甚至没有说再见。我们去搞了五分之二瓶波特酒,向太平洋进发。

这是一首老歌,在美国每一台投币式点唱机上都已经播放过了。这首歌发行很久了,已经被记录在美国的尘土中,尘土落在一切物品上,把椅子、汽车、玩具、灯具和窗户变成了数十亿台唱片机,每当心碎时,耳畔都会响起这首歌。

我们坐在海滩的一个小角落,身后围绕着巨大的花岗岩和浩瀚的太平洋以及它所有的词汇。

我们拿他的晶体管收音机放摇滚,晕乎乎地喝着波特酒。我们都很绝望。我也不知道他的余生要怎么过。

我又喝了一口波特酒。海滩男孩乐队在收音机里唱一首关于加州女孩的歌。他们挺喜欢加州女孩的。

他的眼睛像一块带伤的地毯，湿漉漉的。

我尽我所能地去安慰他，像是台奇怪的吸尘器。我背诵了那些安慰失恋的人时该说的老掉牙的话，但言语实在太苍白了。

只不过是换个人讲一模一样的话罢了。别人因失去自己深爱的人而心情糟透的时候，你说什么也没用。

最后，他点着了收音机。他在它周围堆了一些纸，划了支火柴扔进去。我们就坐在那儿看。我以前从未见过别人烧收音机。

随着收音机慢慢烧毁，火焰渐渐影响着我们听的歌。前四十榜单上的第一名一下子掉到第十三名。在合唱的情歌声中，一首第九名的歌变成了第二十七名。它们像残翅的鸟一样，热度大跌。然后，它们都没救了。

埃尔迈拉 [1]

　　我回到了埃尔迈拉，仿佛在一个年轻的美国猎鸭王子的梦中。我再次站在那座跨过长汤姆河的桥上。我总是在十二月下旬来这里，河水涨得很高，很浑浊。冰冷的河水裹挟着光秃秃的黑色树枝。

　　有时桥上下着雨，我向下游看去，河水从那里汇入湖中。在我的梦里，总有一片沼泽地，四周围着破旧的黑色木栅栏和一个古老的棚子，墙壁和屋顶都有些漏光。

　　我穿着好几层优质内衣和雨衣，温暖而干燥。

　　有时天气晴冷，我可以看见我呼出的气，桥上会结霜，我向上游望去，看到一片森林，这些森

---

1 埃尔迈拉是美国纽约州中部的城市，马克·吐温曾在附近的庄园里写过许多作品。

林绵延好几英里，连接着长汤姆河起源处的山脉。

有时我在桥上的霜上写自己的名字。我小心翼翼地拼写我的名字，有时我也在霜上小心翼翼地写"埃尔迈拉"。

我总是带着一把双筒 16 号猎枪，口袋里装上很多子弹……可能太多了，因为我太年轻，老是担心子弹用完。所以我被太多子弹拖慢了步伐。

我像个深海潜水员，因为我的口袋里装了这么多子弹。有时口袋里的弹壳重到让我走路的姿势看上去很滑稽。

我总是独自走在桥上，总会有一小群绿头鸭掠过桥面，从高空飞向湖边。

有时我在路上左右张望，看看是不是有车经过，如果没有车来，我会开枪打它们，但它们飞得太高了，我开枪也只能打扰到它们一下罢了。

有时开过来一辆车，我就呆呆地望着鸭子沿着河飞，仅仅是想象自己在打鸭子。开车的可能是护猎员或者是副警长。我脑袋里有个奇怪的念头：在桥上打鸭子是犯法的。

不知道我想的对不对。

有时候我也不管路上有没有车。鸭子飞得太高了，打不到。我知道只会白白浪费弹药，所以我就让它们过去了。

这里的鸭子总是一群刚从加拿大飞来的肥绿头鸭。

有时候我走过埃尔迈拉小镇，一切都很安静，因为实在太早了，而且这个鬼地方要么在下雨，要么很冷。

每当我走过埃尔迈拉，我会驻足望着埃尔迈拉联合高中。教室里总是空荡荡的，漆黑一片。似乎不曾有人在这里上学，黑暗也从未被打破，因为从来都没有理由去开灯。

有时候我不去埃尔迈拉。我越过黑色的木栅栏，走进沼泽地，走过古老的宗教小屋，沿着这条河一直走到湖边，希望能多打些鸭子。

我从来没成功过。

埃尔迈拉非常美，但对我而言，这不是我打猎的幸运地。

我总是搭大约二十英里远的便车到埃尔迈拉。我穿着优质猎鸭长袍，冒雨在寒风中等，人们停下来，带上我，我每次都是这么去的。

"你要去哪里？"人们在我上车的时候问。我坐在他们边上，把猎枪像权杖一样支在两腿之间，枪口指向车顶。枪管倾斜，指向乘客一侧的车顶，因为我永远都是乘客。

"埃尔迈拉。"

咖啡

有时候，生活只是一杯咖啡，以及它附带的亲密关系罢了。我曾读过一篇关于咖啡的文章。据说喝咖啡有好处，它能激活体内器官。

起初，我觉得这个讲法很怪诞，说实在的，有点恶心。但随着时间的推移，我发现从某种意义上来说，这还挺有道理的。我跟你说说这是什么意思。

昨天早上我去见了一个女孩。我喜欢她。我们之间发生过的一切都过去了。她现在根本不在乎我了。我搞砸了，追悔莫及。

我按了门铃，在楼梯上等。我能听到她在楼上走动。从她移动的方式，我可以听出她刚刚起床。我吵醒了她。

然后她走下楼梯。我甚至用胃都能感觉到她离我越来越近。她迈出的每一步都让我心中波涛汹涌，并间接地导致她开门。她看见了我，不怎么高兴。

曾几何时，我的出现会让她很高兴，大概是上周。我想不明白那个她去哪儿了，我假装无事发生。

"我现在感觉有点怪怪的，"她说，"我不想说话。"

"我想喝杯咖啡。"我说，因为这是我最讨厌喝的东西。我说这话的口气好像是在给她读别人发来的电报：一个真正想要一杯咖啡的人，一个什么都不在乎，只想喝一杯咖啡的人。

"行吧。"她说。

我跟着她上楼，太荒唐了。她身上的衣服是刚刚才穿上的，还没有完全贴合她的身体。我可以给你们好好讲讲她的臀部。我们进了厨房。

她从架子上拿了一罐速溶咖啡，放到桌子上。她在旁边放了一个杯子和一把勺子。我在一旁看着它们。她把一口装满水的平底锅放在炉子上，打开炉子下的煤气。

这么久了，她一句话也没说。她的衣服开始合身起来。但我是不会讲的。她离开了厨房。

然后，她下楼到门口看看是否有邮件。我记得我来的时候好像没看到。她从楼下走上来，进了

34

另一个房间，带上了门。我看着炉子上装满水的平底锅。

我知道这水等上一年也烧不开。现在是十月，锅里装的水太多了，这就是问题所在。我把一半的水倒进水槽。

水现在烧得快多了。只需六个月就能烧开。房子很安静。

我望着后门廊，那里堆着几袋垃圾。我盯着垃圾，试图通过分辨盒子、果皮和其他东西来弄清楚她最近吃了什么。我什么也看不出来。

现在是三月份了。水终于开始沸腾。我对此很满意。

我看了眼桌子。一罐速溶咖啡，空杯子和勺子像参加葬礼一样，依次排开。这些是你泡一杯咖啡需要的东西。

十分钟后，当我离开她家时，那杯咖啡握在我掌心里，安稳得像埋在坟墓里。我说："谢谢你的咖啡。"

"不客气。"她说。她的声音从紧闭的门后传来。她的声音听起来像是另一封电报。我真该走了。

之后一整天我都没有再泡咖啡，这还挺好的。

到了晚上，我在一家餐馆吃了晚饭，然后去了一家酒吧。我喝了些酒，和别人随便聊了聊。

我们是酒吧常客了，说些在酒吧说的话。没人会记得自己都说了什么。酒吧关门了，已经是凌晨两点。我必须走了。旧金山雾蒙蒙的，很冷。我对雾感到好奇，觉得自己很有人情味，而且毫不遮掩。

我决定去拜访另一个女孩。我们已经有一年多没什么交集了。我们曾经很亲密，我想知道她现在在想些什么。

我去了她家。她家没有门铃。这是一个小小的胜利。一个人必须记下自己所有的小胜利。不管怎样，反正我会这样做。

她开门了。她在自己身前举着一件浴袍。她不相信她看到了我。"你想干吗？"她问，现在相信自己看到了我。我径直走进屋子。

她转身把门关上，我都能看到她的侧影。她根本没把浴袍裹起来。她只是把浴袍挡在自己身前。

我能看到她完整的曲线，从头到脚。看起来有些陌生。大概是因为太晚了吧。

"你想干吗？"她问。

"我想要一杯咖啡。"我说。多有趣的事,我其实不是真的想要一杯咖啡。

她看着我,侧面稍微扭动了一下。她见到我不怎么开心。就算美国医学协会总是告诉人们时间会冲淡一切。我看着她身体的完整曲线。

"和我一起喝杯咖啡?"我说,"我想和你谈谈。我们很久没聊过了。"

她看着我,侧面稍微扭动了一下。我盯着看她身体的完整曲线。这不太好。

"现在太晚了,"她说,"我明天要早起。如果你想要喝咖啡,厨房里有速溶的。我得去睡觉了。"

厨房的灯亮着。我顺着大厅向厨房看去。我不想去厨房再独自喝一杯咖啡。我也不想再去别人家,向人家要一杯咖啡喝。

我意识到,我这一天都处在一趟非常奇怪的朝圣之旅中。我不是刻意这样的,至少那罐速溶咖啡不在桌子上,不在一个空的白色杯子和一把勺子旁边。

他们说,在春天,一个年轻人的幻想会变成爱的念头。如果他剩下足够的时间,他的幻想甚至可以容得下一杯咖啡。

《在美国钓鳟鱼》遗失的章节：
"伦勃朗小溪"和"迦太基洼地"

这两章在 1961 年的冬末春初丢失了。我到处找它们，但怎么也找不到。我完全没想通为什么自己没在一发现找不到的时候就重写它们。这是一个真正的谜题，总之我没写。现在是八年后，我决定回到那个冬天，那时二十六岁的我住在旧金山格林威治街，已婚，有一个小女儿，写了两章我眼中的美国，然后把它们丢失了。我现在要回去看看能否找回它们。

"伦勃朗小溪"

伦勃朗小溪的样子和它的名字很贴切，它位于一个冬天时气候非常恶劣的孤独国度。小溪始于一片被松树包围的高山草甸。这是小溪所看到的唯一真正的光，因为它从草地上的一些小泉水中聚集起来后,流入松树林中,并向下流到贴着山脉边缘的一个黑树缠绕的峡谷中。

小溪里到处都是小鳟鱼,它们野得很,当你走到小溪边,站在那里盯着它们看时,它们几乎不怕人。

我从来没有去那儿钓过鱼,无论是在传统的意义上,还是在实用的意义上。我知道这条小溪,仅仅因为那是我们去猎鹿时露营的地方。

不,对我来说,这不是一条钓鱼的小溪,而是一个我们获得营地用水的地方,但我似乎搬运了我们所需的大部分水,我记得我洗了很多盘子,因为我还是青少年,我比那些年龄更大、更聪明、更需要时间思考鹿可能在哪里的人好使唤。他们还需要喝一点威士忌,这似乎有助于思考打猎和其他事情。

"嘿,孩子,把你的脑袋从屁股里拿出来,看看你能不能把碟子处理一下。"那是狩猎队的一位元老级人物在讲话。他的嗓音在声音组成的狩猎大理石上被铭记。

我经常想到伦勃朗小溪,以及它看起来有多像悬挂在世界上最大的博物馆里的一幅画。这座博物馆的屋顶是通向星星和知晓彗星拂动的画廊的。

我只在那里钓过一次鱼。

我没有钓具，只有一把 .30-30 的温彻斯特步枪。所以我拿了一枚生锈的旧弯钉，在上面绑上像我童年的鬼魂的白线，试图用一块鹿肉作为鱼饵钓一条鳟鱼。我真的差点钓到一条，我差点就把它从水中提起来了。但它在最后一刻从钉子上落回了画中，从我的视线中洄流到了十七世纪，那时它属于一个名叫伦勃朗的人的画架。

"迦太基洼地"

迦太基河在一个源头从地下咆哮而出，就像一口野生的井。它傲慢地流过一个大约十几英里宽的开阔峡谷，然后消失在一个叫作迦太基洼地的地方。

这条河喜欢告诉每个人（每个人指的是天空、风、周围生长的几棵树、鸟、鹿，甚至是星星，如果你相信的话）它有多么伟大。

"我从大地里咆哮而来，又咆哮着回到土中。我是我水域的主人。我是我自己的母亲和父亲。我不需要一滴雨。看看我光滑结实的白色肌肉。

我是我自己的未来。"

几千年来，迦太基河一直在谈论这种事情。不用说，每个人（每个人也包括天空，等等）都对这条河感到厌烦。

如果可以的话，鸟儿和鹿试图远离此地。星星们已经沦落到玩等待游戏的地步，除了迦太基河上，很明显该地区也没有什么风吹过。

即使是住在那里的鳟鱼也为这条河感到羞愧，并且在它们死的时候总是兴高采烈。任何事情都比住在那狗屁夸夸其谈的河里要好。

有一天，迦太基河在诉说着它有多伟大的一口气间，突然干涸："我是我的主人……"它就停在了那里。

河水不敢相信。再也没有一滴水从地下冒出来，水位下降，河流很快就像小孩的鼻涕一样，变成了地面的涓涓细流。

迦太基河的骄傲消失在充满讽刺的水中，峡谷恢复了好心情。鸟儿突然在这个地方飞来飞去，开心地看着发生的事情，一阵大风袭来，甚至那天晚上星星似乎更早就出来看一看，然后开心地笑了。

几英里外的一些群山中有一场夏季暴雨，迦太基河恳求雨水来拯救它。

"求你了，"河水说，声音现在小得只是耳语的影子，"帮帮我。我的鳟鱼需要水。它们快死了。看看那些可怜的小东西。"

暴雨看着鳟鱼。鳟鱼对现在的状况非常满意，尽管它们很快就会死去。

这场暴雨编造了一个难以置信的复杂故事，说它不得不去拜访一个人的祖母，那人的祖母有一台坏了的冰激凌机，不知怎么的，需要大量的雨水来修理它。"但也许几个月后我们可以聚一聚。我来之前会打电话给你。"

第二天，当然是 1921 年 8 月 17 日，许多人，包括城镇居民之类的，开着他们的车，看着曾经是河的地方，惊讶地摇摇头。他们也带了很多野餐篮子。

当地报纸上登了一篇文章，上面有两张照片，是迦太基河的源头和汇水处的两个大洞。这些洞看起来像鼻孔。

另一张照片是一个牛仔坐在马背上，一只手拿着伞，另一只手指向深深的迦太基洼地。他看起来很严肃。这是一张让人发笑的照片，人们也确实笑了。

好了，这些就是《在美国钓鳟鱼》遗失的章节。它们的风格可能有点不同，因为我现在也有点不同了，我三十四岁了，它们的书写形式也可能略有不同。有趣的是，我在 1961 年没有重新写，而是等到 1969 年 12 月 4 日再写，是差不多十年后，才回来尝试找回这些记忆。

旧金山的天气

那是一个多云的下午，一名意大利屠夫向一位上了年纪的老妇人出售一磅肉，但年纪这么大的老太太买这一磅肉干吗呢？

她太老了，吃不下那么多肉。也许她用肉喂养蜂群，家里养着的五百只金蜂在等着吃肉，它们体内填满了蜂蜜。

"你今天要点什么肉？"屠夫说，"我们有挺好的肉糜，挺瘦的。"

"我不知道，"她说，"我不太想要肉糜。"

"嗯，瘦肉多。我自己绞的。我在里面放了很多瘦肉。"

"我觉得肉糜不太行。"她说。

"啊，"屠夫说，"今天是买肉糜的好日子。看看外面，现在多云。有些云层里夹着雨。换作是我，我肯定买肉糜。"

"不，"她说，"我不想要肉糜，我觉得等会儿不会下雨。我觉得太阳会出来的，这将是美好的一天，而且我想要一磅肝。"

屠夫呆住了。他不喜欢把肝脏卖给老太太。这件事不知怎的让他非常紧张。他不想再和她说话了。

他不情愿地从一大块红色的肝上切下一磅，用白纸包起来，放进一个棕色的袋子里。对他来说，这是一次非常不愉快的经历。

他收了她的钱，给了找零，然后回到禽肉区，让自己平复一下心情。

老妇人仿佛扬起船帆，拖着一把老骨头，飘出去到了街上。她拿着肝脏，仿佛是一场胜利，来到了一个非常陡峭的坡道脚下。

因为她年纪很大，爬上坡对她来说很吃力。她很快就累了，在到达山顶之前，不得不多次停下来休息。

山顶上是老妇人的房子：位于旧金山的一栋高大的房子，从窗子望出去就是海湾，倒映出这个阴天。

她打开钱包，钱包就像一片秋天的小田野。在一棵老苹果树倒下的树枝旁，她找到了她的钥匙。

接着她打开了门，它是一个值得信赖的好伙伴。她在门口点点头，走进屋子，走过一条长长的过道，进了一个养满了蜜蜂的房间。

房间里到处都是蜜蜂。椅子上有蜜蜂。她死去的父母的照片上有蜜蜂。窗帘上有蜜蜂。一度收听过二十世纪三十年代的老旧收音机上有蜜蜂。她的梳子和刷子上有蜜蜂。

蜜蜂飞过来，充满爱意地聚集在她身边。她打开白纸包装，将肝放在一只多云的银盘上，很快就变成了阳光明媚的一天。

复杂的银行问题

我有一个银行账户，一是我不想再把钱藏在后院，二是几年前，我在埋一些钱的时候，意外发现了一具人的尸骨。

骷髅一手拿着半个铲子，一手拿着快被腐蚀的咖啡罐。咖啡罐里装满了铁锈一样的粉末，我觉得这原来应该是钱，所以现在我有了一个银行账户。

但大多数时候，银行账户也很不好用。我排队时，前面总是有很多人遇到复杂的银行问题。我必须站在那里忍受美国金融卡通片的折磨。

举个例子：我前面有三个人。我有一张小支票要兑现。我这件事应该是一分钟就能搞定的。支票已经签过名了。我把它拿在手里，对着出纳员的方向。

现在在办理业务的是一个五十岁的妇女。天气很热，但她穿着一件黑色的长大衣。她似乎不觉得这有什么，可有一股奇怪的味道从她身上散发出来。我想了几秒钟，意识到这是复杂银行问题的第一个迹象。

接着，她把手伸进大衣的褶子里，取出冰箱的影子，冰箱里装满酸了的牛奶和放了一年的胡萝卜。她想把影子存进她的储蓄账户。她已经写好了存款单。

我抬头看着银行的天花板，假装那是西斯廷教堂的拱顶。

这位老妇人在被带走之前，大闹了一番。地板上有很多血。她咬掉了一个保安的一只耳朵。

真是不得不佩服她的胆量。

我手里拿的是一张 10 美元的支票。

队伍里接下来两个人其实是一个人。他们是一对连体双胞胎，但他们都有自己的银行账户。

其中一个人往自己的储蓄账户里存了 82 美元，另一个人要注销自己的储蓄账户。柜员给他点出了 3574 美元，他把钱放进裤子侧面的口袋里。

这些事情都很费时间。我再次抬头看银行的天花板，但我没法再想象那是西斯廷教堂的拱顶了。

我的支票现在湿乎乎的，看上去像是 1929 年签发的。

我与柜台之间的最后一个人，完全是匿名的。他是如此匿名，以至于他几乎不在那里。

他把 237 张要存活期的支票放在柜台上，总共 489 000 美元。他还有 611 张支票要存进他的定期储蓄账户，总共 1 754 961 美元。

他的支票像一场财富暴风雪，彻底覆盖了柜台。柜员开始忙碌起来，仿佛她是一名长跑运动员。而我站在那里，认为后院的骷髅其实做了正确的决定。

新加坡的一座高楼

旧金山这一天唯一的美景，是新加坡的一座高楼。我走在街上，感觉糟透了，我的脑子像一坨糯糊。

一位年轻的母亲路过，一边和她的小女儿聊天。小女孩实在太小了，还没到说话的年纪，但她还是非常兴奋地和母亲讲着一些事情。我听不出她在说什么，因为她太小了。

我的意思是，这是一个小小孩。

然后，她妈妈对她的回答，以一种蠢劲照亮了我的一天。"这曾是新加坡的一座高楼。"她对小女孩说。小女孩热情地回答，像一枚明亮的彩色便士："是的，那曾是新加坡的一座高楼！"

35 毫米胶片无限量供应

　　人们不明白他为什么要和她在一起。他们无法理解。他很好看，但她长相很普通。"他喜欢她什么呢？"他们心里这么想，也这么问别人。他们知道不是因为她的厨艺，因为她不怎么会烧菜。她只会做马马虎虎的肉饼。她每周二晚上都会做，他每周三的午餐里会有一个肉饼三明治。时光飞逝，他们的朋友都分手了，他们还是在一起。

　　跟很多这样的感情问题一样，最初的答案就躺在他们做爱的床上。她成了他放映自己性爱幻想的电影院。她的身体就像一排排柔软的剧场座椅，通向阴道——他性爱幻想的温暖银幕。在那里，他和所有他看到并想得到的女人做爱，就像放映电影胶片一样。但她对此一无所知。

　　她只知道她非常爱他，他总是让她开心，让她觉得自己很幸福。她每天下午四点左右变得很兴奋，因为她知道他五点下班回家。

他已经和她体内数百个不同的女人做过爱了。她让他的所有幻想成真：她躺在那里，像一家天真知足的电影院任他摆布，心里只想着他。

"他喜欢她什么呢？"人们继续问自己和别人。他们应该很清楚，最后的答案很简单。都在他的脑袋里。

斯卡拉蒂失控

　　"与一个正在学小提琴的男人合住在圣何塞的单间公寓里太难了。"当她把空左轮手枪递给警察时，这么说道。

天堂的野鸟

我宁愿停驻在黑暗的叫喊声中

那太阳拒绝照耀的地方,

天堂的野鸟

也听不见我发牢骚。

——民歌

没错。孩子们已经抱怨没电视看好几个星期了。图像已经看不清了,约翰·多恩[1]深情描述的死亡正在蔓延到那天晚上播放的任何节目边缘。屏幕上还闪着雪花和竖线,像是喝醉的墓地。

亨利先生是一个简单的美国人,但孩子们对没电视看的忍耐快要达到极限。他在一家保险公司

---

[1] 约翰·多恩(1572—1631),英国玄学派诗人。

工作，他的工作是确认受保人是否健在。受保人都在文件柜里。办公室的每个人都说他前途无量。

一天，他下班回家，发现他的孩子都在等他。他们直接和他摊牌：要么他买一台新电视机，要么他们去做少年犯。

他们给他看了一张五名少年犯强奸一名老妇人的照片。其中一名少年犯正在用自行车链条抽打她的脑袋。

亨利先生立即同意了孩子们的要求。什么都行，只要他们把这张糟糕的照片收起来。然后，他的妻子走进来，说了自从孩子出生以来对他说的最客气的话："快给孩子们买一台新电视机。不买你还是人吗？"

第二天，亨利先生就到了弗雷德里克·克罗百货公司，窗户上贴着一块巨大的标牌，写着诗一样的文字：

电视促销。

他走进去，立刻看到了能让孩子们安静下来的视频播放器：它有一块 42 英寸的屏幕，排线内置。一名店员走过来，向他推销："嗨，你好。"

亨利先生说："我要买这个。"

"现金还是贷款？"

"贷款。"

"您有我们店的信用卡吗？"店员低头看看亨利先生的脚。"不，您应该没有，"他说，"只要告诉我您的名字和地址，您到家时电视机就送到了。"

"我的信用好吗？"亨利先生问。

"别担心，"店员说，"我们的信贷部门正在等您。"

"哦。"亨利先生说。

店员指了指去信贷部门的路。"他们在等您。"

的确，有一个漂亮的女孩坐在一张桌子旁。她真的很可爱。她像是你在所有香烟广告和电视上看到的所有漂亮女孩的混合体。

哇！亨利先生拿出他的烟，点着了一根。毕竟他可不蠢。

女孩微笑着问："有什么我能帮您的吗？"

"嗯。我想贷款买一台电视机，我想在你们店开一个账户。我有一份稳定的工作，有三个孩子，计划买一栋房子和一辆汽车。我的信用还不错，"他说，"我已经负债 25 000 美元了。"

亨利先生以为这个女孩要打电话调查他的信用状况，或者要看看他有没有就 25 000 美元的债务撒谎。

她没有。

"没什么好担心的。"她说。她嗓音的确很甜美："电视机是您的了，您进去就行。"

她指着一间门很好看的房间。事实上，这门非常别致，是一扇沉重的木门，木头的纹路很漂亮，像地震时的地裂穿过沙漠的日出。纹路里满是亮光。

把手是纯银的。这是一扇亨利先生一直想打开的门。他的手梦见过它的形状，而数百万年的时间已被海水淹没。

门上方有一个标识：

铁匠。

他打开门，走进去，有一个人在等他。那个人说："请脱掉您的鞋子。"

亨利说："我只想把合同签了。我有一份稳定的工作。我会按时还款的。"

"别担心，"那人说，"脱下您的鞋子吧。"

亨利先生脱掉了鞋子。

"袜子也是。"

他照做了，也没觉得有什么奇怪的，毕竟他没有钱买电视机。地板不冷。

"您多高？"那人问。

"五英尺十一英寸。"

那个人走到文件柜前，拉出写着"五英尺十一英寸"的抽屉。他拿出一个塑料袋，然后合上抽屉。亨利先生想起一个很好笑的笑话，可以讲给那个人听，但随即就忘了。

那个人打开袋子，拿出一只巨鸟的影子。他像摊开一条裤子一样，展开阴影。

"那是什么？"

"这是一只鸟的影子。"那人说着走到亨利先生坐着的地方，把影子放在他脚旁的地板上。

然后，他拿起一把奇形怪状的锤子，从亨利先生的影子中，拔出那些钉在他身上的钉子。那人小心翼翼地叠起了影子，把它放在亨利先生旁边的椅子上。

"你在做什么？"亨利先生说。他不害怕，只是有点好奇。

"把影子戴上。"那人说着，把鸟的影子钉在他的脚上。至少不疼。

"好了，"那人说，"您有二十四个月的时间来支付电视机的费用。等您付完电视机的钱后，我们会换回影子。它在您身上还挺好看的。"

亨利先生凝视着他身后鸟的影子。亨利先生想，这看起来还不赖。

当他离开房间时，桌子后面的漂亮女孩说："天哪，您变化真大。"

亨利先生很享受与她的谈话。结婚这么多年了，他已经忘光了性的意义。

他把手伸进口袋里去拿一支烟，发现烟早就被他抽完了，他非常尴尬。那个女孩盯着他看，仿佛他是个做错事的小孩。

冬日地毯

要我的证件？没问题。在我口袋里。听着：我曾有朋友在加州去世，我以自己的方式哀悼他们。我去过森林草坪，像一个皮孩子满草坪嬉戏。我读过《挚爱》《美国式死亡》《裹尸布里的钱包》和我最喜欢的《夏去夏来天鹅死》。[1]

我见过有人在太平间门口，站在灵车边上用对讲机指挥着葬礼，就好像他们是形而上学战争中的军官。

哦，对了：有一次我和一个朋友走过旧金山贫民区的一家酒店，有人抬着一具尸体出来。尸体用白色床单精致地裹着，背景里有四五个群众演

1　此句中的《挚爱》《美国式死亡》《夏去夏来天鹅死》分别是伊夫林·沃、杰西卡·米特福德、阿道司·赫胥黎的作品，《裹尸布里的钱包》信息不详。

员似的中国人在旁观，有一辆速度非常慢的救护车停在外面。法律禁止它鸣笛或时速超过三十七英里，或是有任何激烈驾驶行为。

我的朋友看着那具女士或者先生的尸体从他面前运过，说："比起住在这家酒店，死了更舒服一些。"

如你所见，我是加州死亡专家。我的资历经得起最仔细的检验。我有资格继续讲我朋友告诉我的另一个故事，他也是一个园丁，给马林县一位非常富有的老妇人干活。她有一只十九岁的狗，她深爱着它。这只狗格外缓慢地衰老死去，以此报答主人的爱。

每天我的朋友去工作，那只狗都会多死一点。狗早就过了死亡的恰当时间，但这只狗拖得太久了，在走向死亡的途中迷了路。

同样的事发生在这个国家的许多老人身上。他们太老了，与死亡周旋太久了，以至于到了真正离开的时候，他们已经找不到路了。

有时他们一迷路就是好几年。看着他们继续逗留在人间很可怕。直到他们自己血液的重量终于压垮了他们。

不管怎样，后来老妇人无法忍受看着她的狗遭受衰老的折磨，于是请了一位兽医过来，想让狗永远睡去。

她嘱托我的朋友给这只狗做一口棺材。他照做了，他想这应该是在加州做园丁的一个附加条款。

安乐死医生开车到了她的庄园，很快就带着一个黑色的小袋子进了屋。他搞错了，老妇人要的是一个大号的彩色袋子。当老妇人看到那个黑色小袋子时，她脸色明显变得苍白起来。这种过于残酷的现实让她难以承受。于是，她开了张慷慨的支票将兽医打发走了。

哎呀，兽医走了，但狗的现实问题还是没有解决：他[1]太老了，死亡已经成为一种生活方式，他在死亡的表象中迷失了自己。

第二天，那只狗走到一个房间的角落，却不知道怎么离开。它在那里站了好几个小时，直到筋疲力尽地倒下。这时老妇人刚好走进房间找她劳斯莱斯的钥匙。

当她看到狗躺在那里，像角落里的一洼野狗

1　自此段开始，文中指代狗时"他"与"它"混用，原文如此。

做的小水坑，她哭了起来。它的脸仍然贴在墙上，眼眶里有泪水，像人一样。狗和人相处太久，染上最糟糕的人性后就会这样。

她让女佣把狗抱到他睡的地毯上。这条狗有一块中国地毯。从他是一只小狗开始就一直睡在上面，那时蒋介石政府还没倒台。那块地毯在一两个政权的更替中幸存下来，当时就价值 1 000 美元。

这块地毯现在更值钱了，没什么严重磨损，比起在某座城堡里存放几个世纪要好得多。

老妇人又打电话给兽医，兽医带着黑色小袋子回来了，里面装着如何在多年的迷失后找回通向死亡之路的妙招。真的太多年了，以至于会把自己困在一个房间的角落里出不来。

"你的宠物在哪里？"他问。

"在他的地毯上。"她说。

这只狗筋疲力尽，四肢摊开，躺在美丽的中国鲜花和很多来自异国他乡的东西上。"请在这块地毯上帮他吧，"她说，"我觉得他也会想这样。"

"没问题，"他说，"别担心。他不会感觉到什么的，这是无痛的。就像睡去一样。"

"再见，查理。"老妇人说。狗当然没有听到她说话。1959年他就已经聋了。

与狗道别后，老妇人就上床睡觉了。当兽医打开他的黑色小袋子时，她就离开了房间。兽医急需一些公关手段。

后来，我的朋友带着棺材进屋去接狗。一个女佣把尸体裹在地毯里：老妇人坚持要把狗和地毯一起埋在玫瑰园附近的坟墓里，头朝向西方，指向中国。我的朋友把狗朝着洛杉矶的方向埋了。

当他把棺材抬出去时，他看了一眼那块价值1 000美元的地毯。这设计真不错，他自言自语。只要用吸尘器吸一下，它就光洁如新了。

我的朋友通常不是个多愁善感的人。这头蠢死狗！他走近坟墓时，自言自语道，该死的死狗！

"但我克制住了，"他告诉我，"我把地毯和狗一起埋了，我也不明白为什么。这是一个我将永远追问自己的问题。有时候，冬天夜晚下雨的时候，我会想起坟墓里的那块地毯，裹着一只狗。"

欧内斯特·海明威的打字员

这听起来像首圣乐。我的一个朋友刚从纽约回来,他雇了海明威的打字员帮他打字。

他是一位成功的作家,所以他去找了最好的打字员。她正好是给欧内斯特·海明威打字的那个女人。这足以令你窒息,令你的肺都安静下来。

这可是欧内斯特·海明威的打字员!

她是每个年轻作家渴望的梦想——她如羽管键琴一般的双手,她双眼恰到好处的凝视,以及她打字时深沉的声音。

他每小时付给她 15 美元。这比管道工或电工赚的钱都多。

一天就是 120 美元! 给一个打字员!

他说她能帮你解决一切问题。你只要把手稿给她。就像奇迹降临一般,你就有了迷人、正确的拼写和标点符号，美丽到让你双眼充满泪水，文章段落看起来像是希腊神庙，她甚至能给你补全句子。

她是欧内斯特·海明威的

她是欧内斯特·海明威的打字员。

致敬旧金山基督教青年会

从前在旧金山，有一个人很懂得欣赏生活中的美好事物，尤其是诗歌。他喜欢读好诗。

他有资本来满足自己的这种爱好，换句话说就是他不必工作，因为他继承了一笔丰厚的遗产。这笔钱来自他祖父在二十世纪二十年代投资的一家私人精神病院，这家精神病院在南加州，盈利颇丰。

他们都说精神病院账本上有黑字（盈利），位于圣费尔南多谷，就在塔尔萨纳市外。这是个看上去很难让人联想到精神病院的地方。它看起来像是个鲜花环绕的地方，而且大多是玫瑰。

支票总是在每月的一号和十五号准时寄到，即使那天没有邮件寄来。他在太平洋海岸高地有一栋精致的房子。他常常出门买更多的诗。当然，他从没当面见过任何诗人，这对他来说有点过了。

有一天，他决定，仅仅是阅读诗歌或通过唱片听诗人读诗无法表达他对诗歌的热爱。他决定把自己房子里的水管全扔掉，用诗歌取代。他开始行动。

他关掉水闸，取出水管，放进约翰·多恩来替换。管子看起来不怎么开心。他拿走浴缸，换成威廉·莎士比亚。浴缸一头雾水。

他拆掉厨房水槽，换上艾米莉·狄金森。厨房水槽只能惊讶地盯着他看。他拆了浴室水槽，放进弗拉基米尔·马雅可夫斯基。浴室的水槽突然泪如泉涌，尽管水闸已经关了。

他拆走热水器，放进迈克尔·麦克卢尔[1]的诗。热水器气坏了。最后，他拿走了马桶，装上了些小诗人。马桶计划要移民。

现在是检验成效、享受他惊人的劳动成果的时候了。相比之下，克里斯托弗·哥伦布向西航行的小小冒险，只不过是一个平淡事件的阴影罢了。他重新打开水闸，欣赏着他付诸实际的梦想。他心满意足。

1　迈克尔·麦克卢尔（1932—2020），美国诗人、剧作家、小说家。

"我想泡个澡。"他说，作为庆祝。他试着加热迈克尔·麦克卢尔，好进入威廉·莎士比亚里洗澡，但实际上发生的事情远非如他所愿。

"那不如把碗洗了。"他说。他试图在《我品尝未酿之酒》[1]中洗盘子，但发现酒和厨房水槽有着天壤之别。他渐渐感到了绝望。

他想要上卫生间，而那些小诗人完全没用。当他坐在那里想拉屎时，他们开始闲聊自己的职业生涯。其中一个人写了197首十四行诗，都是关于他在巡回马戏团见过的一只企鹅。他预感这个题材能拿普利策奖。

突然，这个人领悟到诗歌不能替代水管。这就是人们所说的"看到光明"。他立即决定把诗歌拿走，把管子连同水槽、浴缸、热水器和马桶一起摆回原处。

他说："只是我的计划没有奏效罢了。我不得不把水管装回去。把诗拿走。"在意识到这样巨大的失败后，光着身子站在那里还是能想明白这个道理的。

1　艾米莉·狄金森于1861年发表的歌词诗。

但是后来他遇到了更多的麻烦。这些诗一点都不想走，非常享受地占着管道的老位置。

艾米莉·狄金森的诗说："我做厨房水槽看起来棒极了。"

"我们做马桶很不错呢。"这些小诗人说。

约翰·多恩的诗说："我和水管一样伟大。"

迈克尔·麦克卢尔的诗说："我是一台完美的热水器。"

弗拉基米尔·马雅可夫斯基在浴室里从新的水龙头里唱出歌曲，这些水龙头已经超越了苦难。威廉·莎士比亚的诗一言不发地微笑。

"你们当然觉得很好，棒极了，"那人对诗歌说，"但是我必须要有水管，这房子里得有真正的水管。你有没有发现我在真正上加了强调？真正的水管！诗歌是做不到的。认清事实吧！"

但诗歌拒绝离开。"我们就不走了。"他说他要报警了。"来吧，把我们锁起来，你这个文盲。"诗歌异口同声道。

"我会打电话给消防局！"

"焚书人！"诗歌大声喊道。

这个人开始和诗歌动起手来。这是他第一次打架。他踢了艾米莉·狄金森的诗的鼻子。

接着，迈克尔·麦克卢尔和弗拉基米尔·马雅可夫斯基的诗走过去，用英语和俄语说："你这样可不行。"然后把那个人扔下了楼梯。他明白现在的情况了。

这已经是两年前发生的事了。这个男人现在住在旧金山基督教青年会里，他觉得好极了。他在浴室里花的时间，远多于任何人。晚上，他走进那里，关着灯自言自语。

漂亮的办公室

当我第一次路过那里时，那还只是一间普通的办公室，摆着桌子、打字机、文件柜，电话铃在响，有人在接电话。有六名女职员，但她们与全美数百万其他办公室职员没什么区别，而且她们都不好看。

办公室里工作的男人都已步入中年，他们年轻的时候也没有帅过，实话说他们年轻的时候也几乎一无是处。他们看起来都像你记不住名字的人。

他们在办公室里做他们该做的事情。窗户上或门上都没有贴这个办公室是干什么的，所以我从来都不知道那些人在做些什么。也许是其他地方的大企业的一个分部。

他们所有人似乎都知道自己在干什么，所以我就这样顺其自然，一天路过这里两次：在上班的路上和下班回家的路上。

大约一年过去了，办公室从未改变过。人员没变化，总是有些事情可干：只是宇宙中又一个小角落罢了。

有一天，我在上班的路上经过那里，发现所有在那里工作的平凡女性都走了，消失了。就好像空气给了她们一份新的工作。

甚至连一点踪迹都找不到，取代她们的是六个非常漂亮的女孩：金发女郎和棕发女郎，配上各种漂亮的脸蛋和身材，有着令人着迷的女人味，穿着合身的职场服饰。

有的有大而友好的乳房，有的有小而令人愉悦的乳房和臀部，都让人心驰神往。我望进办公室的每一处都有些女性模样的美好事物。

发生了什么？其他女人去哪儿了？这些女人从哪里来的？她们看起来都不是旧金山本地人。这是谁的主意？这是弗兰肯斯坦[1]的终极奥义吗？天哪，我们都猜错了！

现在又过了一年，我一周五天都从那里经过，

1　英国作家玛丽·雪莱在 1818 年创作的同名长篇小说中的主人公。

目不转睛地往窗户里望，试图弄清楚：所有这些漂亮的肉体都在这里做手头的事情。

我怀疑是不是老板的妻子去世了，不管他是谁，不管他是哪个，这是不是他对多年来无聊生活的报复，或者说与生活扯平，或者也许他只是厌倦了晚上看电视。

或者可能发生了别的什么事，我也不知道。

一个金发女孩在接电话。一个可爱的褐发女人在把什么东西放进文件柜里归类。有一个啦啦队员长相的女孩牙齿很齐，在擦除着什么。一个性感的褐发女子夹着本书穿过办公室。一个神秘的小女孩，胸部很丰满，正把一张纸卷进打字机里。一个身材高挑的女孩，有完美的嘴唇和丰满的臀部，在信封上贴了一张邮票。

这是间漂亮的办公室。

对花园的需求

当我到那里时，他们又在后院埋狮子了。像以往一样，这是个草草挖好的坟墓，容不下一头狮子，或者不如说简直是一无是处，而他们正试图把狮子塞进一个潦草完工的小洞里。

狮子像往常一样泰然处之。过去两年里，狮子被埋了至少五十次，他已经习惯了在后院里被埋。

我记得他们第一次埋葬他的时候。他不知道发生了什么。那时，他还是一头年轻的狮子，又害怕又困惑。但现在他明白是怎么回事了，因为他已经是一头成熟的狮子了，被埋过很多次。

当他们把他的前爪交叉搭在胸前，开始往他脸上扔土的时候，他看上去有些无聊了。

这几乎是徒劳的尝试。这头狮子永远不可能放得进这个洞里。之前在后院挖的洞从没放下过狮子，今后也放不下。他们就是挖不出一个足够大的洞来把狮子埋进去。

"你们好，"我说，"这个洞太小了。"

"你好，"他们说，"不，这洞够大。"

两年来，这已经是我们之间的标准问候语了。

我站在那里看了一个小时左右，看他们拼命努力地埋葬狮子。但他们只能埋葬四分之一的狮子，然后他们放弃了，满脸厌恶。他们站在那里，责怪彼此没有挖足够大的洞。

"要不然你们明年搞一片花园吧，"我说，"这土看起来挺适合长胡萝卜的。"

他们觉得这一点也不好笑。

老公共汽车 [1]

我的生活挺平凡：我住在旧金山。有时候，我被生活逼着搭公共汽车。比如说昨天：我想去黏土街上的一个地方，但那超出了我双腿的能力范围，所以我得等公共汽车。

天气不算糟，是一个温暖而晴朗的秋日。一位老妇人也在等车。正如人们所说，这没什么不寻常的。她有一个大钱包，还有一双白手套，像蔬菜表皮一样贴合着她的手。

一个中国小伙儿骑着摩托车过来了。这让我大吃一惊。我以前从没想过中国人会骑摩托车。有时候，现实与那个老妇人手上蔬菜皮般的手套一样贴合。

---

1 原标题"The Old Bus"，"old"兼具老旧和年老之意。

公共汽车驶来的时候，我很高兴。当你的公共汽车驶来的时候，某种幸福会油然而生。当然，这是一种细微而特定的幸福，从来不是什么好事。

我让这位老妇人先上车，然后按照中世纪的传统美德跟在后面，城堡的地板随着我上了公共汽车。

我投币15美分，拿到一张车票，其实没什么用。我坐公共汽车的时候总会拿一张车票，这让我手里有点事情干。我需要一些运动。

我坐下来，环视了一下公共汽车，看看有些什么人。一分钟后，我才发现这辆公共汽车不对劲。大约在同一时刻，其他人也意识到这辆公共汽车很不对劲。不对劲的就是我。

我年纪太小了。车上大约还有十九个人，都是六十多、七十多和八十多岁的男人和女人，而我只有二十多岁。他们盯着我看，我也盯着他们看。我们都感到尴尬和不适。

这是怎么搞的？为什么我们突然都成了这残酷命运的玩家，无法将我们的目光从对方身上移开？

一个大概七十八岁的男人，开始拼命地抓牢他外套的翻领。一个大概六十三岁的女人，开始用一条白手帕擦拭自己的手，擦拭每一根手指。

我觉得很愧疚，让他们如此残酷而突兀地回忆起他们逝去的青春，回忆起生命已度过的漫长岁月。为什么我们被这样联系在一起，就好像我们一文不值，不过是放在这该死的公共汽车座位上的奇怪沙拉？

我在最近的一个站下了车。所有人看我下车都很开心，但我是最开心的。

我站在那里，看着公共汽车远去，它的奇怪货物现在安全了。它在时间的旅途中越走越远，直到公共汽车从我的视野中消失。

塔科马的幽灵孩子

1941 年 12 月，华盛顿州塔科马的孩子们加入了战争。这似乎是理所当然的事，跟随他们的父母和其他成年人的脚步。其实大人们也不知道自己在干什么。

"铭记珍珠港！"他们说。

"当然！"我们说。

那时我还是个孩子，和我现在的长相完全不一样。我们在塔科马打仗。孩子们可以杀死假想的敌人，就像大人们可以杀死真正的敌人一样。战争持续了好几年。

在第二次世界大战期间，我一个人杀死了352 892 名敌军士兵，没让其中任何一个负伤。比起大人，孩子打仗不怎么需要医院。在孩子们眼中，战争的结果多是死亡。

我击沉了 987 艘战列舰、532 艘航空母舰、799 艘巡洋舰、2007 艘驱逐舰和 161 艘运输船。击沉运输船没什么意思：没什么挑战。

我还击沉了 5465 艘敌方鱼雷快艇。我不知道为什么我要击沉这么多鱼雷快艇。这种事情很难解释。有四年时间，我每次转身，都会击沉一艘巡逻鱼雷艇。我真的不明白，5465 艘鱼雷快艇真的挺多的。

我只击沉了三艘潜艇。对付潜艇不是我的强项。1942 年春天，我击沉了我的第一艘潜艇。在十二月和一月，许多孩子冲出去，接二连三地击沉了潜艇。我按兵不动。

我一直等到了四月，有一天早上在去学校的路上：砰！我击沉的第一艘潜艇，就在杂货店前。我在 1944 年击沉了第二艘潜艇。我耐心地等了两年。

1945 年 2 月，我十岁生日过了没几天，我击沉了最后一艘潜艇。我对那一年收到的礼物不是很满意。

然后还有空战！我一举冲上蓝天，寻找敌人。雷尼尔山耸立在我身后，像一位冷酷的白胡子将军。

我是一名王牌飞行员，驾驶 P-38、格鲁门"野猫"、P–51"野马"和梅塞施密特。没错,我飞梅塞施密特。我俘获了一架,给它上了特殊涂装,这样就不会被友军误伤。所有人都能认出我的梅塞施密特,而敌人将为它付出惨痛的代价。

我击落了8942架战斗机、6420架轰炸机和51架飞艇。大部分飞艇都是在战争刚开始的时候击落的。后来,1943年的某个时刻,我不再去击落飞艇。进度太慢了。

我还摧毁了1281辆坦克、777座桥梁和109座炼油厂,因为我清楚我们是正义的一方。

"铭记珍珠港!"他们说。

"当然!"我们说。

当我要击落敌机时,我笔直地展开我的手臂,拼命奔跑,高声大叫:啦嗒嗒嗒嗒嗒嗒嗒嗒嗒嗒嗒嗒嗒嗒嗒嗒嗒嗒嗒嗒嗒!

小孩子们现在不会再这样玩了。孩子们现在有别的事情可干。因为孩子们现在有别的事情可干,我常常整天整天地觉得自己像个孩子的幽灵,审视着那些玩具的记忆。

当我还是一架年轻的飞机时,我做的有件事也挺有趣的。我常搜刮来几支手电筒,晚上打开拿在手里，双臂伸直，在塔科马的街道上做一名飞驰的夜间飞行员。

我也曾经在家里玩开飞机，从厨房拿四把椅子组合起来：两把椅子朝前当作机舱，两侧各一把作为机翼。

在屋子里，我主要玩俯冲轰炸。这个用椅子玩最合适。我姐姐会坐在我身后的座位上，用无线电向基地发回紧急消息。

"我们只剩下一枚炸弹，但我们不能让航空母舰逃了。我们要把炸弹扔进烟囱才行。完毕。谢谢你，上校，我们需要所有的运气。通话完毕。"

然后我姐姐会对我说："你觉得自己能做到吗？"我会回答："当然了，抓紧你的帽子。"

你的帽子

不见

已经二十年了

1965 年

1 月 1 日

脱口秀

　　我正在用几周前买的新收音机听脱口秀。这是一台双频晶体管收音机，白色塑料外壳。我很少买新的东西，所以走进一家意大利电器店买下这台收音机，在我的消费结构中是件不同寻常的事。

　　推销员很热情，他告诉我，他已经卖了超过400台这样的收音机给意大利人，他们想听调频的意大利语节目。

　　我不知道为什么这件事让我印象深刻。我就这样打破了我的消费结构。

　　这台收音机售价29.95美元。

　　现在外面大雨倾盆，我在听着脱口秀，我的耳朵闲着也是闲着。当我听这台新收音机的时候，我想起了另一台属于过去的新收音机。

　　我想我当时大约十二岁，住在太平洋西北地

区，那里的冬天总是多雨、泥泞。

我们有一台二十世纪三十年代的老式收音机，放在一个看起来像是棺材的大柜子里。我很怕它，因为旧家具会吓到孩子，让他们联想到死人。

收音机的音质已经很差了，听我最喜欢的节目越来越费劲。

那台收音机再怎么修也好不了。它勉勉强强能发出一些可怜的声音。

我们早就该买一台新收音机了，但我们买不起，因为我们太穷了。最后，我们攒够了首付，我们穿过泥地走到当地的收音机店。

我的母亲、我和我的妹妹都在那里听着全新的收音机，像是来到了天堂。直到我们最后选定了要买的那款收音机。

它装在一个精致的木制橱柜里，美得令人窒息，闻起来像是出自天堂里的伐木场。收音机是桌面款，棒极了。

我们带着收音机，在没有人行道的泥泞街道上走回家。收音机被一个纸板盒子保护着，交给我来拿，我很自豪。

那是我一生中最快乐的夜晚之一，我用全新的收音机收听我最喜欢的节目，冬夜的暴风雨摇晃着房子。每个节目听起来都像是从钻石上切下来的一样精美。思科小子[1]的马蹄声像戒指一样闪闪发光。

我现在坐在这里，许多年后秃顶肥胖中年人[2]，用我生命中第二台全新的收音机听着脱口秀节目，而许多年前那同一场暴风雨的阴影摇晃着房子。

---

1 欧·亨利笔下的人物，是一位墨西哥牛仔英雄。

2 原文词间未空格："baldingfatmiddleagedyearslater"。

我曾试图向别人描述你

前几天，我曾试图向别人描述你。你看起来和我见过的任何女孩都不同。

我没法说："好吧，她看起来很像简·方达[1]，只不过她是红头发，嘴也不大一样。当然，她也不是电影明星。"

我没法这么说，因为你一点也不像简·方达。

我最后只能把你描述成一部我小时候在华盛顿州塔科马看过的电影。我想我是在 1941 年或 1942 年看到的：大概就是那会儿。我想我当时七八岁，或者六岁。那是一部关于农村电气化的电影，也是一部给孩子们看的完美的二十世纪三十年代罗斯福新政宣传片。

1　简·方达（1937—　），美国女影星、作家、制片人、模特。

那部电影是关于生活在没有电的国家的农民。他们晚上不得不用灯笼来照明，进行缝纫和阅读。他们没有任何家用电器，比如烤面包机或洗衣机，也没有收音机可听。

接着，他们建了一座水坝，上面有很大的发电机，还在农村竖起电线杆，在田野和牧场上架设电线。

单单是在田野和牧场上架电线杆、铺电线，就有着一种非凡的英雄主义意味。他们看起来既古老又现代。

在那部电影里，电力是一位年轻的希腊天神，降临到农民面前，带走了他生命中的一切黑暗。

突然，像神话一样，当农夫在寒冷的冬天早晨挤奶时，他打开开关，光照亮了屋子。

这个农民一家终于可以听收音机，拥有烤面包机，开许多明亮的灯来缝制衣服和阅读报纸。

那真是一部绝妙的电影，让我激动万分，就像是听《星条旗》[1]，看罗斯福总统的照片，或是在收音机里听他讲话一样。

1　美国国歌。

"……美利坚合众国总统……"

我希望全世界每个角落都能通上电。我希望世界上所有的农民都能听到罗斯福总统的广播。

你在我眼里就是这样。

在船上玩"不给糖就捣蛋"，
一直到海里

　　小时候，我经常在万圣节扮成一名水手，在船上玩"不给糖就捣蛋"。我的糖果袋和其他东西都挂在船舵上，我的万圣节面具像帆一样，划开美丽的秋日傍晚，门廊上的灯像是停靠港的灯塔。

　　"无糖捣蛋"是我们船的船长，他说："我们不会在这个港口待很久。我希望你们都上岸，玩得愉快。记得早潮一来我们就出发。"我的天，他说得没错！我们乘着早潮出了航。

黑莓驾车者

黑莓藤蔓四处生长，像绿色龙尾一般，爬上了工业区废弃仓库的墙根，这些仓库已经有些年头了。藤蔓如此粗壮，为了采到中心处的好黑莓，人们得在藤蔓间搭桥，铺上木板。

藤蔓上架着许多桥。其中一些有五六块木板长，走的时候需要格外小心，因为如果你掉下去，你的身下十五英尺都是藤蔓，摔到刺上可是相当疼的。

这不是一个让你随便去摘点黑莓做馅饼，或者就着牛奶和糖随便吃点的地方。你去那里是因为你要做过冬的黑莓果酱，或者要摘了黑莓出售，因为你需要的钱不止一张电影票的价格。

那里的黑莓多到让人瞠目结舌。它们像黑色钻石一样巨大，但要成功攻陷城堡，需要做大量的中世纪黑莓工程学设计、劈开入口和架设桥梁等工作。

"城堡沦陷了！"

有时候，当我厌倦了采摘黑莓时，我会沿着藤蔓向下看深处那地牢一般的黑暗。你会看到一些你分辨不出形状的东西，它们的形状像幽灵一样变化。

有一次我按捺不住好奇，蹲在一座自己铺设在藤蔓深处的桥的第五块木板上，向深渊凝视。荆棘像邪恶权杖上的尖刺一样。当我的双眼习惯了黑暗，我看到一辆 A 型轿车[1]就停在我的正下方。

我蹲在那块木板上盯着汽车看，久到我的腿开始抽筋。我用两个小时钻进了那辆车的前排座位，衣服被划破了，身上满是流血的伤痕。我的手把在方向盘上，一只脚踩在油门踏板上，一只脚踩在刹车上，车里弥漫着城堡中软坐垫的气味，绿色的阳光透过挡风玻璃，洒进车里这片日暮般的黑暗中。

一些摘黑莓的人来了，开始在我上方的木板上

---

1 指福特 A 型轿车。

采摘黑莓。他们高兴极了，我想这是他们第一次来这里，看到这么漂亮的黑莓。我坐在他们下面的车里，听他们说话。

"嘿，瞧瞧这黑莓！"

梭罗橡皮筋

生活就像开着借来的吉普车穿越新墨西哥州一样简单。身边坐着一个漂亮的女孩，每次我看到她，我感觉一切都很好。雪下得很大，我们被迫多开了一百五十英里，因为像沙漏一样的大雪封了我们原计划要走的路。

事实上，我兴奋坏了，因为我们正驶入新墨西哥州的梭罗小镇，去看看 56 号公路是否能通到查科峡谷。我们想看看那里的印第安遗址。

地面覆盖着厚厚的积雪，看起来像刚刚领好了政府养老金，正期待着漫长而惬意的退休生活。

我们在慵懒的雪天里看到一家咖啡馆。我下了吉普车，把女孩留在车上，我走进咖啡馆去问路。

女服务员已经步入中年。她看着我，好像我是一部刚从雪中冒出来的外国电影，由让-保罗·贝尔蒙多[1]和凯瑟琳·德纳芙[2]主演。这家咖啡馆闻起来像一顿五十英尺长的早餐。两个印第安人坐在那里，吃火腿和蛋。

他们看着我，没说什么，但充满了好奇。他们侧身看着我。我问女服务员路的事，她告诉我路已经封了。她简短的一句话就回答了我的问题。行，这就够了。

我推开门，一个印第安人转过来，侧身对我说："路恢复通行了。我今天早上去确认过了。"

"可以一路开到44号高速公路吗？一直到古巴的路？"我问他。

"是的。"

女服务员突然把注意力转向咖啡。咖啡现在需要有人看着，这是她为每一代咖啡饮用者做出的贡献。没有她的敬业奉献，在新墨西哥的梭罗镇，咖啡可能会灭绝。

---

1 让–保罗·贝尔蒙多（1933—2021），法国演员。
2 凯瑟琳·德纳芙（1943—），法国演员。

.44–40[1]

我认识卡梅伦时，他已经很老了，一直穿着绒毛拖鞋，不再说话。他会抽雪茄，偶尔听听伯尔·艾夫斯[2]的唱片。他和他的一个儿子住在一起，他儿子现在也已步入中年，开始抱怨自己变老了。

"该死，没法回避我不再像以前那么年轻的事实了。"

卡梅伦在前厅有一把独享的安乐椅。上面盖着一条羊毛毯子。除了他，没别人坐过这把椅子，他好像一直坐在那里。他的灵魂似乎就附在这把椅子上。那些老年人坐在上面去世的家具就会让你产生这种感觉。

---

1 温彻斯特步枪子弹型号，口径为 .44，内含 40 格令（2.6 克）的黑火药。

2 伯尔·艾夫斯（1909—1995），美国民歌手、演员。

冬天里他不再出门，但夏天的时候，他会坐在前廊上，视线越过前院的玫瑰丛，凝视着外面的街道。世界没他照样转，就像他从来没有存在过一样。

不过，事实不是这样。在十九世纪九十年代，他曾是一位著名的舞蹈家，整夜整夜地跳舞。他以跳舞闻名。他让好多小提琴手早早进了坟墓。女孩们和他一起跳舞时，她们总是能发挥得更好，她们因此很爱他。只要在那个县提到他的名字，女孩们就会心花怒放，会脸红、咯咯地笑。即使是"端庄的"女孩也会因听到他的名字或见他一面而心潮澎湃。

1900 年，当他娶了单身女孩中最年轻的一个时，很多女孩都心碎了。

"她也没多漂亮。"落选者强忍着十足醋意。在婚礼上她们都哭了。

他在县里扑克打得也相当厉害，这里的人打起扑克都很较真，赌注也很高。有一次，坐在他旁边的一个人在打扑克时出千被发现。

桌子上有很多钱和一张代表十二头牛、两匹马和一辆马车的纸。那是赌注的一部分。

桌边的另一个人一言不发，快步走过来，割断那个人的喉管，宣告了那个人的作弊行为。

卡梅伦下意识地伸出手，将拇指按在这个人的颈静脉上，以防止血液溅到桌子上。尽管那人快要死了，他还是扶着那人，直到这一轮打完，直到十二头牛、两匹马和一辆马车的归属权确定下来。

虽然卡梅伦不再说话，你仍然可以从他的眼睛里看到这些经历。他的手被风湿病摧残得像植物人的手，但它们垂在那里就让人心生敬畏。看他点燃雪茄就像是在见证历史。

他曾在 1889 年做了一个冬天的牧羊人。他当时还很年轻，很青涩。在这片荒凉的土地上，那是一份漫长而孤独的差事，但他需要赚些钱来偿还欠自己父亲的债务。这是那些复杂的家庭债务之一，最好不要详细说了。

那个冬天，除了看绵羊没什么有意思的事情，但卡梅伦找到了一些让他精神振奋的东西。

整个冬天，鸭子和鹅都在河边飞来飞去，羊群的主人给了他和其他牧羊人很多 .44–40 温彻斯特步枪弹药来驱赶狼，多到几乎不现实，尽管乡间根本没有狼。

羊的主人非常害怕狼接近他的羊群。如果你去看看他给牧羊人提供的 .44-40 步枪弹药，那种害怕近乎可笑。

整个冬天，卡梅伦几乎只使用这种弹药，从离河大约二百码远的山坡上用步枪射击鸭子和鹅。.44-40 步枪不是最好用的鸟枪。开枪后，一颗巨大的子弹缓缓地飞出，就像是一个胖子在开门。卡梅伦很喜欢这种猎鸟概率。

那个因家庭债务而被放逐的漫长冬天缓缓过去了，一天接着一天，一枪接着一枪，一直到春天。他大概向那些鸭子和鹅开了几千枪，一只也没有打中。

卡梅伦很喜欢讲这个故事，认为它很有趣，并且在讲的时候总是笑。在 1900 年前后，以及二十世纪的数十年间，卡梅伦曾反复讲述这个故事，次数和他当时开枪打鸭子和鹅的次数差不多，直到他停止说话。

加州完美一日

1965 年劳动节[1]，我沿着蒙特雷郊外的铁轨散步，眺望着太平洋边的谢拉海岸线。对我来说，这地方永远令人惊叹，沿岸的海像一条波涛汹涌的谢拉河，那里有花岗岩的海岸和无比清澈的海水，蓝绿交杂的海水翻卷着，拍在石块上，散成水晶灯一样闪烁的泡沫，仿佛高山上河水的湍流。

如果你不抬头看，很难相信那是一片海。有时候，我喜欢把那片海岸看作一条小河，故意忘记它离对岸足有 11 000 英里这一事实。

我绕过"河流"的一个弯。有十几个蛙人在花岗岩环绕的小沙滩上野餐。他们都穿着黑色橡胶衣。他们站成一圈吃着大块的西瓜。其中两个是

1　美国的劳动节（Labor Day）为每年九月的第一个星期一。

漂亮的姑娘，她们在泳装上配了一顶软毡帽。

蛙人当然都说着些蛙人该聊的话题。他们常像些孩子，满满一夏天的蝌蚪似的对话都飘散在风中。他们中一些人的橡胶衣肩膀和手臂上有着奇怪的蓝色标记，就像一套全新的血液系统。

有两只德国警犬在蛙人周围玩耍。这些狗没有穿黑色橡胶衣，我也没有看到沙滩上有它们尺寸的橡胶衣。也许它们的橡胶衣藏在石块后面。

一个蛙人仰面漂浮在海浪中，吃着一块西瓜。他在海浪中旋着打转。

他们的许多装备都靠在一块大剧院形状的大石头上，多到普罗米修斯也难以偷走。岩石旁边躺着一些黄色的氧气罐，看起来像花朵。

蛙人围成了半圆。其中两个跑进海里，转身向其他人扔西瓜，还有两个开始在沙滩上摔跤，狗在他们身边吠叫。

女孩们穿着黑色橡胶衣，戴着轻软的毡帽，非常漂亮。吃着西瓜，他们闪耀如加州的皇冠珠宝。

俄勒冈州东部的邮局

车开在俄勒冈州东部：秋天，枪在后座，子弹在杂物箱或手套箱里，你叫它什么都行。

我只是又一个在这片山区猎鹿的孩子。我们已经开了很久，天黑前就出发，整夜都在路上。

现在车内阳光灿烂，热得像是一只虫子（蜜蜂或其他东西）被困在车里，撞在挡风玻璃上嗡嗡作响。

我很困，问与我一起挤在前排的贾夫叔叔关于乡野和动物的事。我看着正在开车的贾夫叔叔，方向盘就快要贴上他的胸口了。他远远不止二百磅，这车几乎装不下他。

贾夫叔叔昏昏欲睡，嘴里含着些哥本哈根牌口嚼烟。他烟不离嘴。以前哥本哈根烟很受欢迎。到处都立着广告牌让你去买一些。现在这些广告牌都不见了。

贾夫叔叔曾是当地著名的一位高中生运动员，后来成了乡村酒馆里的传奇人物。他名下曾经同时有四间酒店房间，每个房间里都有一瓶威士忌，但它们都离他远去了。他老了。

贾夫叔叔现在安静地生活着，喜欢沉思，每个星期六早上都在看西部小说，用收音机听歌剧。他嘴里总是嚼着一些哥本哈根烟。四间酒店房间和四瓶威士忌都不见了。哥本哈根烟成了他生命的一部分，不可或缺。

我只是一个小孩，惦记着杂物箱里的两盒 .30–30[1] 子弹。"这里有山狮吗？"我问。

"你指的是美洲狮吧？"贾夫叔叔说。

"哦对，美洲狮。"

"当然有。"贾夫叔叔说。他脸很红，头发也很稀疏。他从来不是一个英俊的男人，但这从没有影响过女人喜欢他。我们一遍又一遍地，穿越同一条小溪。

这条小溪我们至少穿越了十几次，但每次看到

1　温彻斯特步枪子弹型号，口径为 .30，内含 30 格令（1.9 克）的黑火药。

这条小溪总是让人惊喜，因为还挺惬意的。在这几个月的夏季里，水很浅，小溪穿过这片有些光秃秃的原野。

"会有狼吗？"

"有几只。我们快到小镇上了。"贾夫叔叔说。我们看到一座农舍。无人居住，它像一件乐器一样被遗弃了。

房子旁边有一大堆木头。鬼会烧木头吗？我想这取决于它们是否需要，但木头本身就是岁月的颜色。

"那野猫呢？抓它们有赏金，是吧？"

我们经过一家锯木厂。小溪后面筑起了一个贮木塘。有两个人站在原木上。其中一个人手里拿着一个午餐盒。

"一只几美元。"贾夫叔叔说。

我们现在要开进小镇。这个镇子不大。房屋和商店都旧旧的，看起来饱经岁月的洗刷。

"那熊呢？"我说。车拐过弯，我们前面停着一辆皮卡，有两个人站在皮卡边上，把熊从车上搬下来。

"这地方到处都是熊，"贾夫叔叔说，"那边就有几只。"

确实……像是商量好似的，那几个家伙正把熊抬下来，仿佛他们是长着黑毛的巨型南瓜。我们把车停在熊边上，下了车。

很多人站在一边看熊。他们都是贾夫叔叔的老朋友。他们都向贾夫叔叔问好：你都去哪儿了？

我从未见过这么多人同时打招呼。贾夫叔叔多年前就离开了这个小镇。"你好，贾夫，你好。"我以为熊也会跟他打招呼。

"你好，贾夫，你这个老混蛋。你这腰带是什么牌子？有一条是'固特异'的？"

"吼吼，我们来瞧瞧这些熊。"

两只都是熊崽，重五六十磅。他们是在老人萨默斯溪被打到的。母熊逃掉了。幼崽死后，她跑进灌木丛躲起来，浑身都是虱子。

老人萨默斯溪！我们就要去那里打猎。去老人萨默斯溪！我从来没去过那里。有熊！

"她不会有好脾气的。"站在那里的一个人说。我们打算暂住在他家。他就是打到熊的人。他是贾夫叔叔的好朋友。大萧条时期，他们曾一起在高中橄榄球队打球。

一个女人走过来。她怀里抱着买的菜。她停下来看着熊。她靠得很近，俯身看熊，芹菜叶子都抵在他们的脸上。

人们搬起熊，把他们放在一栋二层老房子的前门廊上。房子四周的木头上都有雕花，看起来像是十九世纪的生日蛋糕。我们就像蜡烛，打算插在这里过夜。

门廊周围的棚架上生长着某种奇怪的藤，开着奇怪的花。我见过这种藤和花，但没见它们长在房子上过。它们是啤酒花。

这是我第一次看到啤酒花长在房子上。对花的品位也是有些奇怪。我费了一些时间来适应。

阳光正好，啤酒花的影子横在熊身上，仿佛他们是两杯黑啤[1]。他们坐在那里，背靠着墙。

"你们好，先生们。想喝点什么？"

"几只熊（谐音）。"

"我去冰箱看看，是不是够凉。我之前放进去的……嗯，已经冰透了。"

猎熊的人最后决定他不想留下他们，所以有人

1　原文中，啤酒（beer）和熊（bear）谐音。

建议说："你为什么不把熊给镇长呢？他喜欢熊。"
这个城镇的人口共计三百五十二，算上镇长和熊。

"我去告诉镇长我这儿有些熊给他。"有人说，
然后去找镇长。

哦，这熊尝起来一定棒极了：无论是烤、炸、
煮，还是做成意大利面，就像意大利人做的一样。

有人在警长家看到过镇长。那大约是一个小时
前。他可能还在那里。贾夫叔叔和我去了一家小餐
馆吃午饭。餐馆的纱门急需修理，开门的声音像
是一辆生锈的自行车。女服务员问我们想要点些
什么。门口就放着几台老虎机。这个县没什么禁忌。

我们吃了些烤牛肉三明治，配土豆泥和肉汁。
这个地方有上百只苍蝇。它们有不少撞上了餐馆
里四处悬着像索套一样的捕蝇纸，黏在上面倒挺
舒适。

一个老人走进来。他说他想要一杯牛奶。女服
务员给他倒了一杯。他喝了牛奶，在出去的路上
把一枚五分镍币投进老虎机。然后他摇摇头。

吃完饭，贾夫叔叔要去邮局寄明信片。我们走
到那里，邮局是一栋小房子，更像是一间小棚屋。
我们打开纱门进去。

里面有很多邮局才有的玩意儿：一个柜台，一台老座钟，它长长的下垂的指针像是海底的小胡子，轻盈地来回摆动，与时间保持同步。

墙上有一张玛丽莲·梦露的大幅裸照。这还是我第一次在邮局见到。她躺着，身后是一大片红色。这幅照片挂在邮局墙上，颇为奇怪，但当然可能也是因为我第一次来这里。

邮政局长是一名中年妇女，她在脸上复刻了人们在二十世纪二十年代曾经佩戴过的一张嘴。贾夫叔叔买了一张明信片，在柜台上填满，就好像那是一杯水。

大概花了几分钟时间。明信片写到一半，贾夫叔叔停下来，抬头看了一眼玛丽莲·梦露。他只是很平常地在看。就像是在看一张群山和森林的风景照。

我不记得明信片是写给谁的了。也许是给朋友或者亲戚的。我站在那里，一直看着玛丽莲·梦露的裸照。然后贾夫叔叔寄掉了明信片。"走吧。"他说。

我们回到熊所在的房子，但他们不见了。"他们去哪儿了？"有人问。

很多人都聚在这里，他们都在谈论失踪的熊，开始到处寻找熊。

"他们已经死了。"有人说，试图让大家不要慌张，很快我们就开始在屋子里找起熊来。一个女人在衣柜里翻，想要找熊。

过了一会儿，镇长来了，说："我饿了。我的熊在哪儿？"

有人告诉镇长，他们已经凭空消失了。镇长说："这不可能。"然后下楼去门廊下面找。那里没有熊。

大概过了一个小时，每个人都已经放弃了寻找熊，太阳下山了。我们坐在外面的门廊上，那里曾经有熊。

这些人聊起了他们在大萧条时期的高中橄榄球队打球，并开玩笑说他们现在变得多老多胖。有人问贾夫叔叔四间酒店房间和四瓶威士忌的事。除了贾夫叔叔，每个人都大笑起来。但他只是微笑。太阳下山没过多久，有人发现了熊。

他们坐在一辆停在小路上的汽车的前排。其中一只熊穿着一条裤子和一件格子衬衫。他戴着一顶红色狩猎帽,嘴里叼着一根烟斗,两只爪子放在方向盘上,就像巴尼·奥德菲尔德[1]一样。

另一只熊穿着白色丝绸睡衣,就是你会在男性杂志最后几页看到的那种。脚上穿着一双毛毡拖鞋。头上系着一顶粉红色的旧式女帽,腿上放着一个钱包。

有人打开了钱包,但里面什么都没有。我不知道他们希望发现什么,但他们很失望。不管怎样,一只死熊会在钱包里放什么呢?

引发我这一系列关于熊的回忆的东西很奇怪,是报纸上玛丽莲·梦露的一张照片。她死于安眠药自杀,她还很年轻,很美丽,正如人们所说,她有着大好的前程。

报纸上的文章和照片之类的,报道的都是她的尸体被一辆手推车带走,尸体被一条素色毯子裹着。我纳闷,俄勒冈州东部哪面邮局墙上会挂玛

---

1 巴尼·奥德菲尔德(1878—1946),美国先锋赛车手。

丽莲·梦露的这张照片。

　　一名服务员正把车推出门外，手推车下阳光灿烂。威尼斯式百叶窗，在照片上，树叶间。

浅大理石色电影

房间有很高的维多利亚风格的天花板，透过窗户可以看到一座大理石壁炉和一棵鳄梨树，她躺在我身边，睡得很香。她身材很好，金发碧眼。

我也睡着了，九月，刚刚破晓。

1964 年。

突然，她毫无征兆地在床上坐起来，马上叫醒我，然后她开始起床。她对此显得严肃认真。

"你在做什么？"我问。

她眼睛睁得很大。

"我要起床。"她说。

她的双眼里是梦游者的蓝色。

"回到床上来。"我说。

"为什么？"她问。她半个身子已经下了床，一只淡金的脚触到了地板。

"因为你还在睡。"我说。

"啊……好吧。"她说。她听懂了我的话，回到床上，裹起被子，依偎在我身边。她没有再说话，也没有动。

她躺在那里酣睡着，她的漫游结束了，而我的才刚刚开始。多年来，我一直在回想这个简单的事件。它一直在我的记忆里，一遍又一遍地重复，就像一部浅大理石色电影。

伙伴

我喜欢坐在美国的廉价电影院里。人们在那里看电影的时候，以伊丽莎白时代的腔调生活和死亡。市场街有一家电影院，在那里我可以花一美元看四部电影。我根本不在乎它们好不好。我不是个影评人。我只是喜欢看电影。有东西出现在银幕上，对我来说已经足够了。

电影院里挤满了黑人、嬉皮士、老人、士兵、水手，以及那些会与电影对话的天真的人，因为电影和他们的生活一样真实。

"不！别啊！回到车上，克莱德。哦，天哪，他们要杀了邦妮！"

我是这些电影院的驻院诗人，但我估计得不了古根海姆奖[1]。

有一次，我在晚上六点走进电影院，凌晨一点才出来。七点的时候，我跷起二郎腿，一直保持到十点，我一直没有站起来。

换句话说，我不怎么喜欢艺术电影。我不喜欢坐在一座华丽的电影院里，被一群自信地浸润在文化香水中的观众包围着，以得到美学升华。我来不了这个。

上个月，我坐在名为"北滩时代"的一家"75美分两张票"的电影院里，那里在放关于一只鸡和一只狗的卡通片。

那只狗想睡一会儿，而那只鸡一直强迫他保持清醒，紧接着是一系列的冒险活动，都以卡通片的混乱画面告终。

有一个男人坐在我旁边。

他是**白人中的白人中的白人**：胖，大约五十岁，有点秃顶，他的脸上完全没有任何人类的灵动。

1　由美国国会议员西蒙·古根海姆及妻子于 1925 年设立的古根海姆基金会颁发，每年为世界各地的杰出学者、艺术工作者等提供奖金，以支持其继续发展、探索，涵盖自然、人文社会科学和创造性的艺术领域。

他身上宽松且毫无时尚感可言的衣服，像一个战败国的旗帜一样盖住了他。他看起来像是那种一辈子在信箱里只收到过账单的人。

就在这时，卡通片中的狗打了一个大大的哈欠，因为鸡还是强迫他保持清醒。而在狗的哈欠打完之前，我旁边的人也开始打哈欠，所以卡通片中的狗与这个人，这个现实中的人类，一起打起了哈欠。他们是美国伙伴。

相互了解

她讨厌旅馆房间。这就像一首莎士比亚的十四行诗。我的意思是，像是半熟女人或者洛丽塔的感觉。这是一个经典的形式：

a
b
a
b

c
d
c
d ———— 威廉·莎士比亚
(1564—1616)
e
f
e
f

g
g

她讨厌旅馆房间。让她不爽的是早晨的光线。她不喜欢在那种光线的包围中醒来。

酒店房间里的晨光总像是合成的，出奇地干净。就像是女服务员自说自话地打开门，像老鼠一样悄悄进来，在半空中用奇怪的床单铺不存在的床时制造出来的光。

她过去常躺在床上，假装还在睡觉，想要抓住趁着晨光进来的女佣。但她从未实现，最后只能放弃。

她父亲和新情人在另一个房间睡觉。她父亲是一位著名的电影导演，在城里宣传他的一部新片。

这次旧金山之行，他在宣传一部恐怖电影。这部电影刚刚由他导演完成，名为《玫瑰巨人的进攻》。电影讲的是一个疯狂的园丁和他在温室里用实验肥料劳作后的收获。

她认为玫瑰巨人让人厌烦。"他们看起来像一堆奇怪的情人节礼物。"她最近告诉父亲。

"滚你妈的。"这是他的回答。

那天下午，他将与《纪事报》的佩因·尼克博克共进午餐。晚些时候，他还将接受《考察家报》的艾歇尔鲍姆的采访。几天后，她父亲的那套陈词滥调又将出现在报纸上。

昨晚他在费尔蒙特租了一间套房，但她想住隆巴德的一家汽车旅馆。

"你疯了吗？这是旧金山！"他说。

比起普通旅馆，她更喜欢汽车旅馆，但她也不知道为什么。也许是因为早上的光线。多半与这有关系。汽车旅馆房间的光线更自然。不像是女服务员放置在那里的。

她起床了。她想去看看她父亲睡了谁。这是她的一个小游戏。她喜欢看自己是否能猜出她父亲和谁上了床，但这是一个愚蠢的游戏，她清楚这一点，因为跟她父亲上床的女人看起来总是和她很像。

她不明白她父亲在哪里能一直找到像她的人。

他的一些朋友和其他人都喜欢就此开玩笑。他们喜欢说他的情人和女儿看起来总是像姐妹。有时候，她觉得自己好像是一个陌生而不断变化的姐妹家庭的成员。

她身高五英尺七英寸，一头直直的金发及腰。她重一百一十三磅。她有一双非常蓝的眼睛。

她十五岁了，但她看上去可能是任何年纪。只要她想，她就可以看上去像十三到三十五岁之间的任何一个年纪。

有时她会故意看上去像三十五岁，这样二十出头的年轻男人就会被她吸引，以为她是一个年纪稍长、经验丰富的女人。

她可以完美地扮演一个仍然迷人但光芒日渐消退的三十五岁女性角色。她在好莱坞、纽约、巴黎、罗马、伦敦等地见过太多这样的女性了。

她已经和二十多岁的年轻人有过三次恋爱，但他们从未意识到她只有十五岁。

这已经成为她的一个小爱好。

她可以为自己创造多样的一生，就好像她透过望远镜，在梦幻中已经预演过那些生活。她可以是一名三十四岁的护士长，在格伦代尔有三个孩子，嫁给了一名犹太牙医，却私下找回了青春激情；或者她可以是一名三十一岁的纽约老处女文学编辑，试图摆脱一名疯狂的女同性恋情人的魔爪，需要一个年轻人来拯救她，以摆脱这种变态；或者她可以是一名三十岁的离婚女性，患有一种富有魅力的不治之症，希望最后拥有一段恋情……

她喜欢这样。

她从床上爬起来，踮着脚尖走进客厅，赤身走到她父亲的卧室门口，站在那里听他们是醒着还是在做爱。

她父亲和他的情人睡得很熟。她可以透过门感觉到。他们的卧室仿佛一块温暖的冰冻空间。

她把门打开了一条缝，看见那个女人的金发，像一件黄色衬衫的袖子一样散下床沿。

她微笑着关上了门。

关于她的故事到此为止。

我们对她有点了解。

她对我们了解很多。

a
b
a
b

c
d
c
d

—————威廉·莎士比亚
(1564—1616)

e
f
e
f

g
g

俄勒冈州简史

我十六岁的时候会这么做。我会在雨中搭顺风车去五十英里外，在白天的最后几个小时去打猎。我会拿着一把 .30–30 猎枪站在路边上，伸出大拇指，不会觉得这有什么奇怪的，只期待着有人载我，而一直都有人载我。

"你要去哪里？"

"去猎鹿。"

指的是俄勒冈州的某个地方。

"上车。"

当我从山脊顶端下车时，雨下得很大。司机都不敢相信。我看见一道深壑，一半长满了树，向下倾斜到被雨雾掩住的山谷中。

我完全不知道这个山谷通向哪里。我从来没去过，但我也不在乎。

"你要去哪里？"司机问，几乎不相信我要在雨中下车。

"下面。"

当他开车离开时，我独自一人在山里，这就是我想要的。我从头到脚都防水，口袋里有一些糖果棒。

我穿过树林，试图把一头鹿从干枯的丛林中赶出来。但看到一头或一头也看不到，对我来说并没有什么区别。

我要的只是打猎的感觉。有鹿在那里的念想，就跟那里真的有鹿一样好。

丛林中没有动静。我没有看到任何鹿的迹象、鸟的迹象，或是兔子的迹象，我其实什么迹象都没看到。

有时候我会呆呆地站在那里。水从树梢上滴下来。丛林里只有我自己的迹象：独自一人，所以我吃了一根糖果棒。

我完全不知道时间。冬雨让天空变得黑漆漆的。我出发的时候，这天已经没剩几个小时了。我能感觉到白天快要结束了，马上就要入夜了。

我从丛林中走出来，走近一片树桩和一条弯弯曲曲通向山谷的伐道。这些树桩都很新。树在那一年的某个时间被砍掉了。也许是在春天。这条路弯弯曲曲地通向山谷。

雨渐小，然后停了，一种奇怪的寂静笼罩着一切。现在是黄昏，但这不会持续太久。

伐道拐了一个弯。突然，没有任何预兆，我私有的无人之地上突然出现了一座房子。我不喜欢这样。

这房子更像是个大棚屋，周围停着很多旧汽车，还有各种各样的伐木垃圾和一些那种你曾经需要，但用完就扔了的东西。

我希望这座房子不在这里。雨雾消散了，我回头望了一眼山。我只走了大约半英里，从始至终以为自己身处孤境。

真是个笑话。

这个棚屋有一扇窗户，朝向我，正对着路。窗户里什么也看不见。尽管天色渐晚，他们还没有开灯。我知道有人在家，因为烟囱里正冒出浓浓的黑烟。

当我走近房子的时候，前门砰的一声打开，一个小孩跑到简陋的临时门廊上。他没有穿鞋或外套。他大约九岁，金色的头发蓬乱，仿佛一直有风吹着他的头发。

他看上去不止九岁，三个分别是三岁、五岁和七岁的妹妹立即加入了他。她们没有穿鞋子，也没有穿任何外套。姐妹们看起来也比自己的年龄更大。

暮色中片刻的宁静突然被打破，又开始下起了雨，但孩子们没有进屋。他们就站在门廊上，浑身淋湿，看着我。

我不得不承认，我看上去挺奇怪的，从他们泥泞的小路走来，走到这该死的荒僻之地——黑暗即将来临，.30-30猎枪挽在我的手臂里，这样夜雨就不会落进枪管里。

当我走过时，孩子们一言不发。妹妹们的头发像侏儒女巫一样凌乱。我没有看到他们的父母。房子里没有灯。

一辆A型卡车翻倒在房子前。边上放着三只空的五十加仑油桶。它们不再有任何存在的意义。还有一些零散的生锈电缆。一只黄狗跑出来盯着我看。

我经过时一句话也没有说。孩子们现在浑身湿透了。他们在门廊上默默地挤在一起。我觉得生命中没有比这更重要的了。

很久以前，人们决定住在美国

我在四处游荡，心里真想换个不认识的人做爱。这是一个寒冷的冬日下午，我也只是随便想想，这个念头几乎就要被我抛在脑后……

一个高挑（天哪我真的好喜欢高个女孩）的女孩走在街上，随意得像只小动物，穿着李维斯牛仔裤。她一定有五英尺九英寸，穿着蓝色毛衣。她的乳房在毛衣下不受束缚，青春而紧致地摆动着。

她没有穿鞋子。

她是个嬉皮女孩。

她的头发很长。

她没有意识到自己有多漂亮。我喜欢这一点。这总是让我兴奋，现在尤其如此，因为我刚好正一门心思想着女孩。

我们擦肩而过时，她转过身朝向我，这完全出乎我的意料，她说："我好像认识你吧？"

哇！她现在站在我身边。她真的很高！

我仔细看着她。我试图确认自己是否认识她。也许她曾经是我的爱人，或者是我曾经见过的人，或者是我喝醉的时候调过情的人。我仔细看着她，她年轻水灵，美极了。她有一双绝美的蓝眼睛，但我认不出她。

"我知道我以前见过你，"她抬头看着我的脸说，"你叫什么名字？"

"克拉伦斯。"

"克拉伦斯？"

"是啊，克拉伦斯。"

"哦，那我就不认识你了。"她说。

这有点快。

她的脚在人行道上很冷，她像是感冒了一样弓身对着我。

"你叫什么名字？"我问，也许我应该搭讪她一下。这就是我现在应该做的。事实上，我做这件事晚了大约三十秒。

"薇洛·韦门[1]，"她说，"我要去海特–阿什伯里[2]。我刚从斯波坎进城。"

"是我的话就不会去那里，"我说，"那里很不好。"

"我在海特–阿什伯里有朋友。"她说。

"那是个糟糕的地方。"我说。

她耸耸肩，无助地低头看着自己的双脚。然后她抬起头，眼神里写着友好但有些受伤的表情。

"我只有这些了。"她说。

（指的是她穿的衣服。）

"再加上我口袋里的。"她说。

（她的眼睛朝牛仔裤的左后口袋瞥了一眼。）

"我到之后，我的朋友会帮我的。"她说。

（朝三英里外的海特–阿什伯里方向看了一眼。）

突然她变得尴尬起来。她不知道该做些什么。她向后退了两步，作势要向街上走去。

1　原文为"Willow Woman"，意即"柳树女人"。
2　旧金山两条街的交叉口，原为工人住宅区，后为嬉皮士集中出没的地方。

"我……"她说。

"我……"她又一次低头看着自己冰冷的脚。

她又后退了半步。

"我。"

"我不想抱怨什么。"她说。

她真的很厌恶自己刚才的这些举动。她准备离开了。事情没有按她希望的那样发展。

"我来帮你吧。"我说。

我把手伸进口袋。

她朝我走来，立刻松了口气，仿佛一个奇迹发生了。

我给了她 1 美元，在刚刚的某个时间点，我完全打乱了自己搭讪的节奏，而这正是我计划要做的。

她不敢相信这是 1 美元，她展开双臂搂着我，亲吻我的脸颊。她的身体温暖，友好，富有奉献精神。

我们可以有一份美好的生活。我可以说些会让这成为现实的话，但是我什么也没说，因为我搭讪的节奏已经乱了，消失得无影无踪。她优雅地告别，迎接她未来会遇见的所有人，以及未来一切可能的生活，充其量我只会变成一段虚幻的记忆。

我们一起活过了这一个片段。

她走了。

加州宗教简史

只有一个办法来切入主题：我们在草地上看到了那头鹿。它缓缓地转圈，然后打破了那个圈，向一些树走去。

草地上有三头鹿，我们有三个人。我，一个朋友，以及我三岁半的女儿。"看那头鹿。"我指着那头鹿说。

"看那头鹿！那里！那里！"当我把她抱在前排座位上时，她兴奋得蹦起来。那头鹿像是给她放了兴奋的电流。三头灰色的小母鹿消失在树林里，蹄声隆隆。

当我们开车回到约塞米蒂的营地时，她谈到了那只鹿。"那些鹿真厉害啊，"她说，"我想成为一头鹿。"

当我们转身进入营地时，有三头鹿站在入口

处，看着我们。它们是刚刚那些鹿，或是三头不同的鹿。

"看那头鹿！"同样的电流穿过我，可能足以点亮几盏圣诞树灯，或让风扇转一分钟，或烤半片面包。

我们以鹿的速度驶进营地时，鹿紧跟在汽车后面。当我们下车时，鹿就站在那里。我女儿跑去追它们。哇！鹿！

我叫她慢一点。"等等，"我说，"牵着爸爸的手。"我不想让她吓到它们，或者被它们伤到，万一它们突然受惊，可能跑过来撞倒她。虽然这看起来也不大可能。

我们跟在鹿后面，走了一小段路，然后停下来看它们过河。这条河很浅，鹿停在中间，朝三个不同的方向看。

她盯着它们，好一阵子什么也没说。它们看起来多么的安静美丽，然后她说："爸爸，摘下鹿的头，放在我的头上。摘下鹿的脚，装在我的脚上。我就会成为鹿。"

鹿不再朝三个不同的方向看。它们都朝着河对岸树的方向看，然后走进了树林。

第二天早上，有一群基督徒在我们边上露营，因为那天是星期天。大约有二三十个人坐在一张长木桌旁。我们拆帐篷的时候，他们在唱赞美诗。

我女儿非常仔细地看着它们。当他们继续唱歌时，她藏到一棵树后偷看他们。有一个人带领他们。他在空中挥动双手，应该是他们的牧师。

我女儿非常仔细地看着他们，然后从树后走出来，慢慢靠近，直到她正好走到了他们的牧师身后，抬头看着他。他独自站在那里，而她也独自和他站在一起。

我从地上拔出金属帐篷桩，把它们整齐地堆放在一起，然后叠帐篷，放在帐篷桩旁边。

后来，一名基督教妇女从长桌边站起来，走到我女儿面前。我一直看着这一切。她给了我女儿一块蛋糕，问她是否想坐下来听歌。他们正忙着唱耶稣为他们做的好事。

我女儿点点头，坐在地上。她把那块蛋糕摆在腿上。她在那里坐了五分钟。她一口蛋糕也没吃。

他们在唱马利亚和约瑟[1]正做着什么事。歌中

---

1 指《圣经》人物圣母马利亚和她的丈夫约瑟。

是寒冷的冬天，谷仓里有稻草。闻起来不错。

她听了大约五分钟，然后站起身来，在《东方三博士》唱到一半的时候挥手告别，带着那块蛋糕回来了。

"怎么样啊？"我问。

"唱歌。"她说，指出他们在唱歌。

"蛋糕怎么样？"我问。

"我不知道，"她说着就把它扔在地上，"我已经吃过早餐了。"它躺在那里。

我回想起那三只鹿，以及基督徒唱歌的情景。我看着那块蛋糕，看着一天前有鹿的小河。

这块蛋糕在地上看起来很小。水淌过岩石。一只鸟或一只动物之后会吃掉蛋糕，然后去河边喝水。

我想到了一件小事，别无他法：它让我欣慰。所以我抱着一棵树，脸颊贴着甜甜的树皮，在平静中舒展地漂浮了一会儿。

该死的四月

今年四月初，一位年轻的女士在前门留下了一张便条，这真是该死的开始。我读了便条，想知道他妈的到底发生了什么事。

对我这样的年纪来说，这事太不合适了。我无法让所有事各安其位，所以我去接我的女儿，并且在此方面尽我所能：带她去公园玩。

我真的不想起床，但我必须上卫生间。我从卫生间出来，看到前门玻璃窗上有一张便条一样的东西。它在玻璃上留下了阴影。

关我屁事。让别人在四月初处理这些复杂的事情吧。我去卫生间，已经够了。我回到床上。

我梦见一个我不喜欢的人在遛狗。这个梦做了有几个小时。这个人在对着他们的狗唱歌，但我听不出是哪首歌。我不得不全神贯注地听，但到最后也没听出来。

我醒来时完全厌倦了。我这辈子接下来的日子该怎么办？我二十九岁。我把便条从门上拿下来，然后回去睡觉。

我读的时候把床单罩在头上。光线不是很好，但它比我今天遇到的任何东西都要好。这是一个女孩写的。她今天早上悄悄地把它留在了我的门上。

这张便条是为她前几天晚上的一场闹剧道歉。以一个谜语的形式。我想不出来是什么意思。反正我从来不喜欢猜谜语。不管她了。

我去接女儿，带她去朴次茅斯广场的游乐场。过去一小时我都在看着她。我不时停下来写下这些文字。

我想知道，我的女儿以后是否也会在该死的四月初，在某个男人的门上留下一张便条，而他会在床上，用床单罩住脑袋读，然后带他的女儿去公园，就像我刚才那样抬头，看见她在沙滩上玩蓝色水桶。

1939 年的一个下午

这是个我反复讲给我四岁的女儿听的故事。她从中有所收获,一次又一次地要听。

到她上床睡觉的时候了,她说:"爸爸,给我讲讲你小时候爬进那块石头的事吧。"

"行。"

她把身边的一圈被子抱紧,仿佛它们是可控的云,把拇指含在嘴里,好奇的蓝眼睛看着我。

"有一次,当我还是个孩子的时候,就和你一样大,我的父母带我去雷尼尔山野餐。我们开着一辆旧车去那里,看见一只鹿站在路中间。

"我们来到了一片草地,树木的阴影下有积雪,太阳照不到的地方也有雪。

"草地上生长着野花,很美。草地中央有一块巨大的圆形岩石。爸爸走到岩石前,发现岩石中央有一个洞，就往里面看。岩石像一个小房间一样，空空的。

"爸爸爬进岩石，坐在那里凝视着蓝天和野花。爸爸非常喜欢那块石头，假装那是一栋房子，整个下午他都在石头里面玩。

"他捡了一些较小的石块，并把它们放进了大石头里。他假装较小的石块是炉子、家具和其他东西，然后他把野花当作食物，做了一顿饭。"

故事到这里就结束了。

然后她抬头，用深邃的蓝眼睛看我，把我看作那个在石头里玩耍的孩子，假装野花是汉堡包，然后在小火炉般的岩石上做饭。

她永远听不厌这个故事。她已经听了三四十遍了，总是还想再听一遍。

这对她很重要。

我认为她是用这个故事作为一种克里斯托弗·哥伦布式的契机，去探索她父亲的童年时代，那时他和现在的她是同龄人。

下士

　　我曾经有过当将军的梦想。那是在"二战"初期的塔科马，那时我还是个上小学的孩子。他们办了一个盛大的纸张回收活动，很精妙地设计了类似于军衔的等级。

　　这非常令人兴奋。大概是这样的：如果你贡献了五十磅纸，你就成了一名列兵，七十五磅纸能给你下士的军衔，一百磅纸相当于一名中士，然后你持续不断地上交纸，直到你最终成为一名将军。

　　我觉得要成为一名将军需要一吨纸，或者只要一千磅。我记不清确切的数量，但一开始听上去，攒够纸张成为一名将军似乎很简单。

　　我最初先收集了我家里散落的纸张，总共三四磅。我不得不承认，我有点小失望。我不知道我是从哪里产生了家里有很多纸的错觉。我真切地以为家里全是纸。非常有意思，纸太有欺骗性了。

不过，这并没有让我灰心。我打起精神，出门挨家挨户询问人们是否有报纸或杂志可以捐赠给收纸活动，这样我们就可以赢得战争，永远消灭邪恶。

一位老妇人耐心地听完了我的演讲，她给了我一本她刚刚读完的《生活》杂志。当我还站在那里呆呆地看着手中的杂志时，她关上了门。杂志还有余温。

下一户人家，没有纸，连只用过的信封也没有，因为另一个孩子先我一步。

再下一户，没人在家。

我那一周都是那么过的，挨家挨户，一栋又一栋房子，一个又一个街区，直到最后我拿到足够的纸，成了一名列兵。

我把我那该死的小列兵军衔带回家，放在口袋的最里面。街道上已经有一些纸军官了，中尉和上尉。我甚至懒得把军衔缝在外套上。我只是把它扔进抽屉，用袜子盖住。

接下来的几天，我玩世不恭地寻找纸张，幸运地从某人的地下室里找到了不多不少的一堆《科利尔》杂志，这足以让我赢得一个下士军衔。不过，这也是要扔在袜子下面的。

那些穿着最好的衣服、有很多零花钱、每天吃热午餐的孩子已经是将军了。他们知道哪里有很多杂志，他们的父母有汽车。他们像军人一样昂首阔步地走在操场和从学校回家的路上。

此后不久，应该就是第二天，我终止了我辉煌的军事生涯，进入了不再抱有幻想的美国纸质阴影中。在那里，失败是一张被拒付的支票，一张糟糕的成绩单，或是一封分手信，以及所有人读起来会伤心的文字。

棉屑

今晚，一种难以言传的感觉席卷而来，因为一些无法用言语形容的情感，一些只能在棉屑的维度上解释的事件。

我一直在回想童年的一些零星片段。它们是没有形式或意义的遥远生命的碎片。它们就像口袋里的棉屑一样出现。

德日全史

几年前（第二次世界大战期间），我住在一家汽车旅馆里，毗邻快速包装厂（那是屠宰场的一种美称）。

他们在那里宰猪，一小时接一小时，一天接一天，一周接一周，一个月接一个月，直到春天变成夏天，夏天变成秋天。要割断它们的喉管，之后紧跟着一声哀号，就像是在垃圾处理站上演一出歌剧。

不知怎么的，我认定杀死所有这些猪与赢得战争有关。我想那是因为其他所有事都和赢得战争有关。

我们住在汽车旅馆的前一两周，我深受其扰。不停的尖叫令人难以忍受，但后来我渐渐习惯了，它变得像任何其他声音：一只鸟在树上唱歌，中午的哨声，收音机在播放，卡车驶过，人声，或是被叫去吃饭，等等。

"你可以吃过晚饭之后再玩！"

每当猪不尖叫时，寂静听起来就像机器坏了一样。

拍卖

这是一场下雨天的太平洋西北地区拍卖会。孩子们到处跑来跑去撞到各种东西，农场妇女想买一箱箱用过的水果罐、二手裙子，或给房子添置些家具，而男人们对马鞍、农场设备和牲畜感兴趣。

周六下午，拍卖在一栋仓库或谷仓一类的旧建筑中进行，到处都摆满了令人兴奋的二手货。闻起来像是美国的完整历史。

拍卖商卖东西的速度非常快，以至于有可能买到明年才会发售的东西。他的假牙发出像蟋蟀在骷髅的下颌里上下跳跃的声音。

每当有一盒旧玩具被拍卖时，孩子们都会一直哀求他们的家长，直到他们被威胁说，如果不闭嘴就要被皮带抽："别缠着我，否则你一周都没法坐下来。"

总是有牛和羊、马和兔子等着换新主人，或者一个农夫边擤鼻涕，边安静地打量着一些鸡。

　　对于一个多雨的冬天下午来说，拍卖会办得还不错，因为它有一个铁皮屋顶，里面的所有事物都沾上了一种潮湿、美妙的亲昵。

　　一个由落满灰尘的玻璃和像西部开拓者小胡子的黄色长木制成的古董盒子里，装着几盒坏掉的糖果棒。每盒 50 美分，糖真的快坏了，但出于一些幼稚的原因，我喜欢啃它们，而且会拿出 25 美分，找个人和我一起吃一盒。最终，我会在 1947 年得到十二块坏掉的糖果。

装甲车

给贾尼丝

我住在一个有床和电话的房间里。别无他物。一天早上，我躺在床上，电话铃响了。窗帘拉着，外面雨很大。天还是黑的。

"你好。"我说。

"谁发明了左轮手枪？"一个男人问。

我还没来得及挂电话，我自己的声音像无政府主义者一样蹦了出来："塞缪尔·柯尔特。"

"你赢得了一考得[1]木头。"那人说。

"你是谁？"我问。

"这是一场竞赛，"他说，"你赢得了一考得

1　考得（cord）：体积单位，一个长、宽各四英尺，高八英尺的长方体为一考得。

木头。"

"我没有炉子，"我说，"我住在租来的房间里。没有暖气。"

"除了一考得木头，你还想要什么？"他问。

"嗯，一支钢笔。"

"很好，我们会寄给你一支。你那里的地址是？"

我给了他地址，然后我问他是谁赞助了比赛。

"不要紧，"他说，"钢笔明天早上就会寄到。哦，对了，你有没有特别喜欢的颜色？我差点忘了问。"

"蓝色好了。"

"我们库存里没蓝色的了。其他颜色可以吗？绿色？我们有很多绿色钢笔。"

"好吧，那就，绿色。"

他说："明天早上就会寄到。"

不，它永远都没寄到。

我这辈子唯一赢得并实际收到的奖品是一辆装甲车。还是个孩子的时候，我做过送报员，线路沿着城镇的崎岖边缘绵延好几英里。

我沿着一条两边都有草地的路骑车下山，尽头是一座古老的梅园。他们砍倒了部分树木，在那里建造了四栋新房子。

一栋房子门口停着一辆装甲车。这是一个小镇，每天下班后，司机都会开着装甲车回家。他把车停在自己家门前。

我早上六点前就经过那里，那时候所有人都在自己家里睡觉。早上光线好的时候，我可以从大约四分之一英里之外看到装甲车。

我很喜欢那辆装甲车，常从自行车上下来，走过去看一看，敲敲上面厚厚的金属，看看防弹窗户，踢踢轮胎。

因为早上所有人都在睡觉，就我一个人在外面，过了一阵儿我认为那辆装甲车是我的了，我也就这样对待它。

一天早上，我钻进装甲车，坐在里面送了我剩下的报纸。一个孩子坐在装甲车里送报纸，看起来有点奇怪。

我很喜欢这样，并开始经常这么干。

早起的人说："开装甲车送报的孩子来了。对，他疯了。"

那是我唯一赢过的东西。

加州文学生活 / 1964

1

昨晚，我坐在酒吧里和一个朋友聊天。他不时看看他坐在吧台的妻子。他们已经分居两年了：毫无希望。

她正在和另一个男人亲热。他们看起来好像玩得很开心。

我的朋友转过身来问我的两本诗集的事。我是个小诗人，尽管如此，人们有时也会问我这类问题。

他说他以前有过这两本书，但现在没有了。找不到了。我说其中一本已经绝版，另一本在城市之光书店可以买到。

他低头看了一眼妻子。她被另一个男人说的话逗乐了，对方也对自己很满意，如此这般。

"我有一件事要坦白，"我的朋友说，"还记得那天晚上我下班回家，发现你和我妻子在厨房里喝甜苦艾酒吗？"

我记得那天晚上，虽然什么也没发生。我们只是坐在厨房里，听着留声机，喝着甜苦艾酒。全美国大概有成千上万像我们这样的人。

"好吧，你离开后，我去把那两本诗集从书柜里拿出来，撕成碎片，扔在地板上。尽国王所有的人马也不可能再把那两本诗集拼起来。"

"有时赢，有时输。"我说。

"什么？"他说。

他有点醉了。吧台上，他面前有三个空酒瓶。它们的商标被小心翼翼地刮掉了。

"我只是写诗，"我说，"我并非书页的守护者。我不能永远照顾它们。这是没有意义的。"

我也有点醉了。

"不管怎样，"我的朋友说，"我想再次拥有那些书。在哪里可以买到它们？"

"其中一本已经绝版五年了。你可以在城市之光书店找到另一本。"我说，一边忙着整理并在脑海中重放我离开厨房回家后发生的事情，它们像灯笼一样在甜苦艾酒里发光。

他去拿诗集并把它们撕碎之前对她说的话。她说了什么，他说了什么，哪本书先被撕，他怎么撕的。哦，这是个可爱的行为：健康的发泄和在那之后被解决的事。

2

一年前，我在城市之光书店看见有人在读我的一本诗集。他对那本书很满意，但他的快乐中有一丝不情愿。

他又看了一眼封面，再次翻了翻。他停下翻页，仿佛它们是时钟的指针，他对现在的时间很满意。他在书上的七点钟处读了一首诗。后来，这种不情愿再次出现，模糊了时间。

他把书放回书架上，然后又从书架上拿下来。他的不情愿已经成为一股紧张的能量。

最后，他把手伸进口袋，拿出一便士。他把书放在胳膊弯处。那本书现在成了一个巢，诗歌成了蛋。他把便士抛向空中，抓住它，拍在手背上。他将另一只手拿开。

他把诗集放回书架，离开了书店。他走出去的时候，看起来很放松。我走过去，发现他的不情愿正躺在地板上。

　　它看起来就像黏土一样，但紧张不安。我把它放进我的口袋。我带着它回家，把它捏塑成现在这个故事：反正我也闲着没事可干。

我自己选择的旗帜

喝醉酒上床，喝醉酒没上床，又喝醉酒上床，这都没有区别。我回到这个故事，作为一个已经离开但注定要回来的人，也许这是最好的情况。

我找不到雕像和一束束鲜花，也找不到心爱的人，她说："现在我们将在城堡里扬起新的旗帜，它们将由你来挑选。"然后再次握住我的手，你的手牵住我的手。

我没有这些东西。

我的打字机速度足够快，就像是一匹刚从苍穹中逃出来的马，扎进寂静中，词语在阳光照耀下整齐地奔驰。

也许这些文字还记得我。

这是 1964 年 3 月的第四天。鸟儿在后门廊唱歌，其中一群在鸟舍里，我试着跟它们一起唱：

喝醉酒上床，喝醉酒没上床，又喝醉酒上床，我回到了城里。

加州名声 / 1964

1

这很厉害：让名声把它长着羽毛的撬棍放在你的石块下，然后向上举向光亮，解放你，连同七只蛴螬和一只木虱。

那我给你看看会发生什么。几个月前，我的一个朋友走过来对我说："你成了我刚刚写完的小说中的一个角色。"

他这么说，吊起了我的胃口。我立刻幻想自己是浪漫的主角或反派："他把手放在她的胸上，他炽热的呼吸模糊了她的镜片。"或者："她哭的时候，他笑了，然后他把她像一袋脏衣服一样踢下了楼梯。"

"我在你的小说里是干什么的？"我说，等着听到些好话。

"你开了一扇门。"他说。

"我还做了什么？"

"没了。"

"哦，"我说，我的名声越缩越小，"我就不能做点别的吗？也许开两扇门？亲了谁？"

"开那一扇门就够了，"他说，"你是完美的。"

"开门的时候，我说了什么吗？"还保有一丝希望。

"没。"

2

上周我遇到了我的一个摄影师朋友。我们在酒吧里一轮一轮地喝酒。他拍了一些照片。他是一位细心的年轻摄影师，像藏手枪一样把相机藏在外套下面。

他不想让人们发现他在做什么。他想捕捉他们生活的真实瞬间。他不想让他们紧张，然后开始表现得像电影明星。

后来，他像逃跑的银行抢劫犯一样，猛地抽出相机：一个质朴的印第安纳男孩，现在身处瑞士，生活在权贵人士和大老板之间，并已经养成了外国口音。

昨天，我遇到了这位年轻的摄影师，他带了一些他那天晚上拍的照片的大幅冲印。

"我给你拍了张照片，"他说，"我来给你看看。"

他给我翻看了十几张照片，随后他翻到了下一张，说："看！"照片里，一位老妇人在喝一杯相当烂的马提尼酒。

"你在这儿。"他说。

"在哪里？"我说，"我不是个老太太啊。"

"当然不是，"他说，"桌子上的手是你的。"

我非常仔细地看了那张照片，的确是我的手，但现在我想知道七只蛴螬和一只木虱发生了什么。

我希望在那根长着羽毛的撬棍把我们举向光亮时，它们的表现比我好一点。也许它们会有自己的电视节目，同时发行一张黑胶唱片，它们的小说由维京出版社出版，《时代周刊》会采访它们："谈谈你们是怎么发家的。用你们自己的话说。"

记忆中的一个女孩

看见消防员基金保险公司的大楼时，我没法不想起她的胸部。这栋楼位于旧金山的普雷西迪奥街和加利福尼亚街，是一栋覆盖着红砖、蓝瓦和玻璃的建筑，它看起来像是从加州曾经最著名的墓地之一的遗址上剥落下来的小哲学：

月桂山公墓

1854—1946

十一名美国参议员葬在此处。

他们，和其他所有人在几年前就搬走了，但保险公司旁边仍然伫立着几棵高大的柏树。

这些树的阴影曾经覆盖在这些墓上。它们是白天恸哭和哀悼的一部分，也是夜间除了风之外沉默的一部分。

　　我想知道它们是否会问自己这样的问题：每个死去的人都去了哪里？他们被带到哪里去了？那些来拜访过他们的人呢？为什么我们被留下了？

　　也许这些问题太诗意了。也许最好只说：加州一家保险公司旁边，立着四棵树。

九月加州

9 月 22 日意味着她穿着黑色泳衣躺在沙滩上，她非常小心地测量自己的体温。

她很漂亮：修长又白净，显然是蒙哥马利街的一名秘书，在圣何塞州立大学读了三年书，这已经不是她第一次穿着黑色泳衣在海滩上量体温了。

她看起来很开心，我没法把视线从她身上移开。体温计后是一艘从旧金山湾驶出的船，开往世界另一边的城市，以及其他地方。

她的头发和船的颜色一样。我几乎能看见船长。他正在对一个船员说些什么。

现在，她从嘴里拿出体温计，看着它，微笑，一切都好，再把它放进一只淡紫色的手包里。

水手不明白船长说了什么，所以船长必须重复一遍。

加州花卉研究

哦，突然，在路上没有什么可看的了，我要去的地方也一样。我在一家咖啡馆里，听一个女人说话，她穿的衣服比我在这个世界上拥有的钱还多。

她身着黄色，戴着珠宝，我听不懂她的语言。她在谈论一些无关紧要的事情，但一直在说。我能判断出这一切，是因为和她在一起的男人一点都不相信她说的话，而是心不在焉地盯着宇宙。

自从他们坐在这里，喝着像小黑狗一样陪伴着他们的浓缩咖啡，这个男人一句话也没说。也许他不再有兴趣说话了。我想他是她的丈夫。

突然她开始讲英语。她用我唯一能理解的语言说："他应该知道的。那些是他的花。"她的话完全没有得到回应，一直回响到一切的原初，万物都无二致。

我生来就是为了记录这些：我不认识这些人，他们也不是我的花。

遭背叛的王国

这个爱情故事发生在"垮掉的一代"的最后一个春天。她现在也该三十好几了,我想知道她现在在做什么,是否还会去参加派对。

她的名字我已经记不起来了。它加入了我忘记的所有其他名字之列,在我脑海中盘旋,就像一池不连续的面孔和看不见的音节在涌动。

她住在伯克利,那个春天我经常在参加的派对上见到她。

她会打扮成自己最性感的样子参加派对,放肆地扭动,喝酒,调情,直至午夜来临,然后她会跟任何试图和她睡的人上演这一幕,碰巧是和我很多有车的朋友。他们一个接一个地回应了她给他们准备的命运。

"有人开车去伯克利吗?我需要搭车去伯克

利。"她总是色情地宣布。她戴了一块小金表来把握午夜的降临。

总会有一个我的朋友在喝了太多酒后说好，然后开车送她去伯克利。她会让他们进她的小公寓，然后告诉他们，她不会和他们上床，她没和任何人上过床，但如果他们愿意，可以睡在她家的地板上。她有一条额外的羊毛毯子。

我的朋友们总是喝得太醉，没法开车回旧金山，所以他们会睡在她的地板上，蜷缩在绿色的军用毛毯里，早上醒来时，像一只患风湿病的土狼一样僵硬，充满怨气。没有咖啡和早餐给他们，她又搭了一趟车去伯克利。

几周后，你会在另一个派对上见到她。午夜时分，她会唱她的小曲："有人开车去伯克利吗？我需要搭车去伯克利。"一群可怜的狗娘养的。总有我的一个朋友会上当，并与她地板上的毯子约会。

显然，我永远无法理解她的吸引力，因为她没有对我做任何事。当然，我没有车。可能是这个原因。你必须有一辆车，才能理解她的魅力。

我记得有一天晚上，每个人都在喝酒，玩得很开心，听着音乐。哦，那些属于"垮掉的一代"

的日子！闲聊、葡萄酒和爵士乐！

"伯克利地板小姐"正四处漂泊，四处传播快乐，除了我的那些朋友，他们已见识过她的热情好客。

然后午夜来了！接着是"有人开车去伯克利吗？"她总是用同样的句子。我猜是因为这些词很好使：完美无缺。

我的一个朋友向我讲述了他和她一起的冒险经历，他看着我，笑了；而此时我的另一个朋友，一个没有体验过这一冒险的新手，在喝了一晚上的酒后焕发欲望，上了她的钩。

"我送你回家。"他说。

"太好了。"她带着性感的微笑说。

"但愿他喜欢睡在地板上。"我前一个朋友压低声音对我说。声音足够让她听见，但又不够让他听到，因为他的宿命就是要去和伯克利的地板相遇。

换句话说，这个女孩的伎俩在被整过的人中间，已经成了一个非常内部的笑话，看到其他人踏上伯克利之旅，总是让他们很开心。

她去拿她的外套，他们走了出来，但她喝得有点多了，当他们坐到他的车上时，她一下子觉得恶心，吐了他一翼子板。

她吐光了，感觉好一点后，我的朋友开车送她去伯克利。她让他裹在那该死的毯子里，睡在地板上。

第二天早上，他回到旧金山：浑身僵硬，带着宿醉，对她非常生气，以至于一直没把她的呕吐物从翼子板上洗掉。他开车在旧金山转悠了几个月，黏在翼子板上的东西就像一个遭背叛的王国，直到它自行消失。

如果不是因为人们都需要一点爱，这可能会是一个有趣的故事，而且，天哪，有时候他们不得不经历所有的不幸，只为找到一些爱。

晨起穿衣时的女人

当女人晨起穿上衣服，就成了全新的自己，这真是一次非常美妙的价值交换，而你从未见过她穿衣服。

你们是恋人，你们一起睡了觉，现在你也没什么别的可做，所以是她穿上衣服的时候了。

也许你已经吃过早餐。她穿上线衫，为你做了一顿美味的床上早餐，在厨房里光脚踮着走；你们俩详细讨论里尔克的诗，她对此了解颇深，这让你吃惊。

但现在是她穿上衣服的时候了，因为你们俩已经喝了太多咖啡，再也喝不下了，到她回家的时候了，到她上班的时候了，你想一个人待在那里，因为有一些事情要在家里做，你们要一起出去散散步，是你该回家的时候了，是你该上班的时候了，她有一些事情要在家里做。

或者……这可能就是爱。

但不管怎样：她该穿上衣服了。她穿衣服的时候真美。她的身体慢慢消失，穿上衣服后非常漂亮。这有一种纯洁的品质。她穿上了衣服，故事的开始已经结束。

丹佛的万圣节

　　她觉得不会有讨糖果的小孩来她家，所以她没有为他们买任何东西。这看起来很简单，不是吗？好吧，让我们看看会发生什么。这可能很有趣。

　　先从我开始。听到她对情况的分析，我的第一反应是："天哪，给孩子们买点东西吧。毕竟，你住在电报山，附近有很多孩子，其中一些肯定会过来的。"

　　我就这样说服了她去商店。几分钟后，她带着一盒口香糖回来了。口香糖在一些叫作"芝兰"的小盒子里，盒子里有很多颗。

　　"满意了？"她说。

　　她是白羊座。

　　"嗯。"我说。

　　我是水瓶座。

我们还有两个南瓜：都是天蝎座。

所以我坐在厨房的桌子旁，雕刻了一个南瓜。这是我多年来雕的第一个南瓜。还挺好玩的。我的南瓜有一只圆圆的眼睛和一只三角形的眼睛，还有一个不太明亮的女巫式微笑。

她做了一顿有甜红卷心菜和香肠的丰盛晚餐，并在烤箱里烤了一些苹果。

然后，当晚餐在慢慢地炖煮时，她雕了她的南瓜。完成后，她的南瓜看起来很现代。它看起来更像一台电器，而不是一盏南瓜灯。

我们雕刻南瓜的时候，门铃一次也没响。这里完全没有要糖的小孩，但我并不惊慌，尽管有很多"芝兰"口香糖在大碗里焦急地等待着。

我们七点三十分吃了晚饭，非常好吃。然后饭吃完了，仍然没有讨糖的小孩。已经过了八点，事情开始变得糟糕起来。我开始紧张了。

我开始认为，这其实是除万圣节以外的任何一天。

她当然带着佛教徒天真的气场，愉快地俯看着这一幕，并且小心翼翼地，对没有要糖的小孩敲开我们的门这事只字未提。

这并没有使事情变得更好。

九点钟，我们走进卧室，躺在她的床上，我们谈些有的没的。我有点愤怒，因为我们被所有讨糖的小孩抛弃了，我说了一些类似于"那些小杂种都在哪里？"的话。

我已经把一碗"芝兰"拿进了卧室，这样当门铃响的时候，我可以更快地给讨糖的孩子开门。碗沮丧地坐在床边的桌子上。这是一个非常孤独的景象。

九点三十分我们开始做爱。

大约五十四秒后，我们听到一群孩子跑上楼梯，伴随着万圣节旋风般的尖叫和疯狂的门铃响。

我低头看着她，她抬头看着我，我们的眼睛在笑声中相遇，但声音不太大，因为突然间我们就从家里消失了。

我们在丹佛，手牵着手，在街角，等待红绿灯切换。

亚特兰蒂斯堡

后面有几张台球桌，边上有一张坐满醉鬼的桌子。我正在和一个刚被解雇的年轻人聊天，他倒是很高兴，但对夜晚降临和下周还要去找工作感到厌倦。他也对自己的家庭状况感到非常不安，并且花了很长时间来讨论这个问题。

我们聊了一会儿，都靠在弹球机上。后面有一场台球比赛。一个很阳刚的小个子黑人女同性恋正和一个像是干活儿的意大利老人打台球。他可能是种菜的，或者是干别的。女同性恋者是海员。他们全神贯注于比赛。

桌子上的一个醉汉将他的饮料洒了一桌子，也洒了自己一身。

"去吧台拿块抹布。"另一个醉汉说。

洒洒的那位斜扭着站了起来，走到吧台，向酒保要一块抹布。酒保俯身靠在吧台上，对他说了一些我们听不清的话。醉汉回来坐下。手里没有吧台抹布。

"抹布呢？"另一个醉汉问。

"他说我欠他 45 美元 60 美分。我赊账……"

"嗯，我不欠他 45 美元 60 美分。我去拿块吧台抹布。这张桌子现在一团糟。"他站起来去证明自己不欠酒保 45 美元 60 美分。

桌子恢复了正常。他们开始谈论一些我知道的事情。

最后，我的朋友说："今晚真他妈无聊。我去看那个拉拉打台球了。"

"我想再在这里坐一会儿，听听这些醉鬼说话。"我说。

他走过去，看着黑人女同性恋和意大利老头打台球。我倚着弹球机，站在那里，听醉汉谈论失落的城市。

狗塔风景

"……三只德国牧羊犬幼崽从
它们靠近县界的家溜出去，走丢了。"

《北县日报》
为圣克鲁兹县北部服务

几个月来，我一直在想我在《北县日报》上读到的这篇小文章。它为一出小悲剧划出了边界。我知道世界上到处都是井喷的恐怖景象（越南、饥饿、暴乱、生活在绝望的恐惧中，等等），三只小狗走丢不算什么，但我挺担心它们的，认为这一简单的事件可能是更大的痛苦的缩影。

"……三只德国牧羊犬幼崽从它们靠近县界的家溜出去，走丢了。"听起来仿佛出自鲍勃·迪伦的歌。

也许它们当时在一起玩耍，吠叫，追逐，迷失在直到今天还困在其中的树林里——那些蜷缩着的像是狗的碎片，寻找任何可以吃的小东西，它们的脑袋无法理解发生了什么，因为它们的大脑就焊在胃上。

它们的声音现在只被用来在恐惧和饥饿中呼喊。它们所有玩耍的日子都结束了，那些无忧无虑的快乐时光把它们引进了可怕的树林。

我担心，如果我们不小心，这些可怜的迷路的狗可能就是一段未来之旅的缩影。

灰狗悲剧

她希望自己活成电影杂志里的一部悲剧，就像一位年轻明星去世：排成长队的人们为之哭泣，成为一具比一幅伟大的画更美的尸体。但她从来未能离开她生长的俄勒冈州小镇，也无法去往好莱坞，然后死去。

尽管正值大萧条，但她的生活很舒适，全然没有受到影响，因为她的父亲是当地彭尼公司的经理，在经济上支撑着自己的家庭。

电影是她生活中宗教一样的存在，她看每一部电影都带着一袋爆米花。电影杂志是她的《圣经》，她像神学博士一样狂热地学习。她可能比教皇更了解电影。

岁月像她每年订阅杂志一样流逝：1931 年、1932 年、1933 年、1934 年、1935 年、1936 年、

1937 年，直到 1938 年 9 月 2 日。

最后，如果她还打算去好莱坞，她必须得行动了。有一个年轻人想娶她。她的父母认为他大有前途。他们认可他，因为他是福特公司的推销员。她父亲说："这是一家有着优良传统的公司。"对她而言，情况不容乐观。

她花了几个月的时间想要鼓起勇气去汽车站，看看去好莱坞的票价是多少。有时，她会整天整天地考虑汽车站的事。有几次她甚至想得头晕，不得不坐下来。她从未想到其实可以打电话问。

在那紧张的几个月里，她明确表示绝不去汽车站。一直在想着车站是一回事，但实际看到它又是另一回事了。

有一次，她和母亲一起开车去市区，她母亲拐到了汽车站所在的街道，她央求母亲务必在另一条街拐弯，因为她想在那条街上的一家商店买东西。

一些鞋子。

她母亲没有多想，拐弯了。她没有想到去问女儿为什么脸红，但这并不罕见，因为她很少会想到要问女儿任何事情。

一天早上，她母亲打算和她谈谈邮寄的所有电影杂志的事。有时它们会塞满邮箱，她不得不用螺丝刀把邮件取出来。但她母亲在中午之前已经忘记了这件事。她母亲的记忆都超不过中午，通常在十一点三十分左右就会清空。然而如果食谱足够简单的话，她是一个好厨师。

时间剩得不多了，就像在看克拉克·盖博的电影时的爆米花一样。她父亲最近一直在"暗示"她已经高中毕业三年了，也许是时候考虑自己今后的日子了。

他不是凭空当上彭尼公司的本地经理的。最近，实际上是大约一年前，他已经厌倦了看见女儿坐在家里看电影杂志，眼睛睁得像醋碟一样大。他开始认为她是一根原木上的一个突起。

她父亲的暗示恰好与年轻的福特推销员的第四次求婚相吻合。她拒绝了前三次，说她需要时间去思考。她这话真正的意思是，她正在努力鼓起足够的勇气去汽车站，看看去好莱坞的票价是多少。

最后，来自她自身渴望的压力和她父亲的"暗示"，迫使她在一个温暖的黄昏早早离开了家，洗完晚餐的盘子后，她慢慢地走到汽车站。从1938年3月10日到1938年9月2日晚上，她一直在想，去好莱坞的巴士票价是多少。

汽车站很荒凉，毫不浪漫，离大银幕很遥远。两个老人坐在长椅上等一辆大巴车。老人累了。他们现在就想到达他们要去的地方。他们的手提箱就像一个燃尽的灯泡。

卖票的人看起来好像什么都能卖。他也可以像卖去其他地方的票一样，卖洗衣机或草坪家具。

她脸红了，紧张不安。她的心脏在汽车站感到不舒服。她假装是在等下一辆大巴车上的人——一位姨妈，同时她拼命地想要鼓起足够的勇气去问到好莱坞要多少钱。但是对任何人来说，不管她怎么装，都没有什么区别。

没人看她，尽管她现在脸红得可以去充当"地震甜菜"。他们根本不在乎她。那是九月的一个愚蠢的夜晚，她就是没有足够的勇气去弄清到好莱坞的车票价格。

她在温暖柔和的俄勒冈夜里，一路哭着回家，每次脚触及地面都想去死。没有风，所有的阴影都仿佛在安慰她。它们就像她的表兄妹，所以她嫁给了年轻的福特推销员，除了在第二次世界大战期间外，每年都能开上一辆新车。

她有两个孩子，取名为琼和鲁道夫，并试图让她的美丽电影明星之死的愿望消失。但现在，三十一年后，当她经过汽车站时，依然会脸红。

疯老太太们坐在今天的美利坚
公共汽车上

给马西娅·帕考德

现在，其中一个就坐在我身后。她戴着一顶旧帽子，帽子上有塑料水果。她的眼睛像果蝇一样在脸上来回穿梭。

坐在她旁边的那个男人正在装死。

这位疯狂的老太太一口气连续不断地和他说话，声音从她的嘴里传出，就像周六晚上愤怒的保龄球馆，数百万只球瓶磕在她的牙齿上，掉下来。

坐在她旁边的那个男人是一个很瘦小的中国老头，他穿着一身青少年该穿的衣服。他的外套、裤子、鞋子和帽子属于一个十五岁的男孩。我见过很多穿青少年服装的中国老人。他们去商店买衣服的场景一定很奇怪。

那个中国男人在窗户边蜷缩着，你甚至不能分辨他是否有呼吸。她不在乎他是死是活。

之前他还活着，然后她坐到他身边，开始告诉他，自己的孩子都没有用，丈夫是个酒鬼，他不去修理车顶上的漏洞，因为他总是喝醉酒，真是狗娘养的。她太累了，什么都干不动了，因为她一直在小餐馆工作："我肯定是世界上最老的女服务员。"她的脚再也受不了了，她的儿子在监狱里，她的女儿和一个酒鬼卡车司机住在一起，他们生了在房子里跑来跑去的三个小杂种，她希望自己有一台电视，因为她受不了继续听收音机了。

十年前她就不听收音机了，因为她在收音机上找不到任何节目。现在电台里只有音乐和新闻，我不喜欢听音乐，我听不懂新闻。她也不在乎这个该死的中国人是死是活。

二十三年前，她在萨克拉门托吃过些中国菜，随后腹泻了五天，她只能看见一只正对着她嘴的耳朵。

那只耳朵看起来像只小小的黄色死牛角。

正确的时间

我会尽力吹个泡泡，也许还会再吹几个。并不是说它们很重要，能改变什么，除了被 30 路斯托克顿公共汽车撞上的那个。但那是另一个故事了。

我的女朋友迟到了，所以我独自去了公园。我厌倦了等待，厌倦了站在书店里读那本小说：里面的人物待在有钱人待的地方，无休止地做爱。她长得很漂亮，但我在变老，心灰意冷。

那是个寻常的夏日午后——但在旧金山，属于不等到秋天就难得一见的那种。公园和往常一样：孩子们在玩我小时候玩的游戏，老人们在晒太阳，阳光照耀着那些即将被坟墓中的黑暗笼罩的事物。"垮掉的一代"就像馊掉的地毯一样躺在草地上，等着大屁股地毯商人来捡。

在我坐下之前，先在公园里走了一圈：绕了个大大的圆圈，慢慢走到终点。然后我坐下来，还没来得及看清楚我坐的是哪儿，一位老人问我现在几点了。

"两点四十五。"我说，尽管我不知道现在几点。我只是想帮忙。

"谢谢你。"他说，脸上露出了一抹欣慰的古雅微笑。

两点四十五对那个老人来说就是正确的时间，因为那就是他想要的、最让他高兴的时间。我感觉很好。

我在那里坐了一会儿，没看到值得记住的东西，也没看到任何需要忘记的东西。我起身走开，身后留下一个快乐的老人。

美国童子军教会了我所知道的一切，我今天做了我的好事。现在我要是发现一辆熄火的消防车，然后帮忙推它过街，我就会沉醉于完美的喜悦中。

"谢谢你，孩子。"它患有关节炎的红色油漆散发着高龄的味道，梯子上满是白色的头发，警笛盖上有轻微的白内障。

在我决定离开公园的地方，有孩子在吹泡泡玩。他们有一罐神奇的泡泡液和几根短棍，棍头有金属环，可以把泡泡吹到空中。

我没有离开公园，而是站在那儿看泡泡离开公园。它们的伤亡率非常高。我一次又一次地看到它们猝死在人行道和街道的半空：那些彩虹轮廓不复存在。

我纳闷这是怎么回事：凑近细看才发现它们在空中撞上了一些小飞虫。这太可爱了！然后其中一个泡泡被 30 路斯托克顿公共汽车撞了。

砰！就像一支灵感迸发的小号与一首宏伟的协奏曲相撞，向所有其他泡泡演示了如何隆重地离去。

德国假日

我话先说在前面：我不是度假专家。我真没那种闲钱。你甚至可以说我很穷。我不介意，因为这就是真相。

我三十岁了，过去十年里，我的年平均收入大约是 1400 美元。美国是一个非常富裕的国家，所以有时我会感到自己在反美。我的意思是，我觉得我让美国失望了，因为我赚的钱不足以证明我的公民身份。

不管怎么说，你很难靠一年 1400 美元去度假。昨天，我乘灰狗巴士去蒙特雷待几周，作为一种从旧金山流亡的方式。

我不会在这里告诉你们原因。我担心太多的幽默会毁掉这个故事，因为事实上这件事和我没什么关系。我只是去兜兜风而已。

这与车上的两个德国男孩有关。他们二十出头，坐在我前面的座位上。他们计划在美国度假三周。而假期快要结束：真不妙。

他们用德语喋喋不休地说着，一直做观光状，在公共汽车往蒙特雷驶去的时候，他们四处指指点点。

靠窗坐的德国男孩对美国汽车的内容也有浓厚的兴趣，尤其是女性内容。每当他看到一个漂亮的女孩开车驶过，他会给他的朋友指一指，作为他们在美国行程的一部分。

他们是健康、正常的性犯罪者。

一辆大众汽车从靠窗坐的德国男孩旁边经过，他立即唤起他朋友的注意，指出了大众汽车上的两个漂亮女孩。德国男孩们现在把脸紧贴在窗户上了。

副驾驶一侧的女孩，就在我们的正下方，有一头金色短发，脖子白净。大众汽车和公共汽车以相同的速度行驶。

当德国男孩们继续向下盯着她看的时候，她变得有点紧张，局促不安，但她不知道为什么会这样，因为她看不见我们。她现在在玩自己的头发。

女性在这种情况下很容易这么做，即便她们不太清楚发生了什么。

大众汽车的车道前面慢了下来，我们的公共汽车从大众旁边呼啸而过。当大众再次追上我们时，我们已经分开了大约一分钟。

德国男孩立即注意到这一点，他们的脸贴在窗户上，也患上了古老的"糖果店性爱窗口综合征"。

这一次，女孩抬起头来，发现德国男孩们都往下盯着她看，满脸笑容，打情骂俏。女孩回以一种暧昧的似笑非笑的表情。她是一个完美的高速公路蒙娜丽莎。

我们遇到了另一场交通堵塞，大众汽车也因此慢了下来，但几分钟后，它再次赶上了我们。我们都在以每小时六十英里的速度前进。

这一次，当那位金发碧眼，有温柔白皙的颈部的女孩抬起头来，看到德国男孩们试图挑逗她时，她给了他们一个大大的微笑，并热情地挥了挥手。他们打破了她的冷漠。

德国男孩们的手像好几面旗帜一样挥舞着，以每分钟一英里的速度调情和微笑。他们高兴极了：啊，美国！

这个女孩笑得很迷人。她的朋友也挥了挥手，用一只手驾驶大众汽车。她也是一个漂亮的女孩：同样是金发，不过是长的。

德国男孩们在美国过着愉快的假期。不幸的是，他们没有办法走下那辆公共汽车，进入大众汽车去与这些女孩见面。像这样的事，是不可能发生的。

很快，女孩们拐下匝道，去了帕洛阿尔托，永远消失了，当然，除非她们明年去德国度假，并乘坐公共汽车沿着德国高速公路行驶。

沙堡

雷耶斯角半岛上生长着很多奇怪的栅栏，它们像闹鬼的指纹，被固定在加利福尼亚海岸。在此地，零星的视角不断从视线中消失，或者变得过于亲密，白色的中世纪葡萄牙奶牛场突然在柏树的环绕中出现，然后消失，就好像它们从未在这里出现过一样。

老鹰在天空盘旋，就像旧铁路手表缺失的弹簧，正寻找下方某处游荡的正确蛋白质，并按时间顺序俯冲下来，吞食。

我不常去雷耶斯角，坦白说，我去了总是心不在焉。但是当我去那里的时候，我总是很享受。我沿着一条布满栅栏的道路行驶，而那些栅栏看起来像是迷失在模糊而多变的精神浓度中的墓地——如果这也能叫享受的话。

最后我通常会去半岛尽头的一个叫麦克卢尔斯海滩的地方。那里有一个停车场，你可以在那儿下车，然后随一条小溪，沿一条渐进的峡谷，步行一大段路到海滩。

水田芥在小溪里旺盛地生长。

你一步步融入峡谷的转弯处时，能看到许多奇特的花，直到你最终到达太平洋和一片夸张得像照片一样的海滩，如果基督在世的日子里他们就有照相机的话。现在你是照片的一部分，但有时你必须掐一下自己，以确认你真的在那里。

我记得多年前的一个下午，我和一个朋友一起去了雷耶斯角，那次我的思绪就在那种情境中；当我们越来越深入半岛，我就盯着栅栏看。当然，这个半岛像一层层抽象和亲密在展开，不断被老鹰包围着。

我们把车停在麦克卢尔斯海滩。我记得很清楚车停下的声音。它发出了很大的噪声。还有一些其他的车停在那里。即使在我们的车停好之后，四周完全安静，它仍然在制造噪声。

当我们慢慢向下走的时候，峡谷里温暖的雾打着旋。在我们面前一百英尺的地方，所有东西都迷失在雾中，在我们后面一百英尺的地方，所有东西也都迷失在雾中。我们在健忘症之间的胶囊里散步。

我们周围有安静的花。这些花看起来仿佛是十四世纪一位匿名法国画家画的。我和我的朋友已经很久没有说过任何话了。也许我们的舌头也已经成了那个画家的画笔。

我盯着小溪里的水田芥。它看起来很富有。每当我很偶然地看见水田芥，我就会想到富人。我认为他们是唯一吃得起水田芥的人，他们在充满异域风情的食谱中使用水田芥，这些食谱被藏在地窖里，不让穷人知道。

突然，我们在峡谷里拐了个弯，看见五个穿着游泳衣的英俊少年将五个漂亮的少女埋在沙子里。他们都由加州出产的古典大理石雕刻而成。

女孩们处于被埋的不同阶段。其中一个被完全埋了，只有头在沙子外。她非常漂亮，长长的黑发沿着沙滩延伸，好像是某种深色的水，也许是玉，从她的头里流出来。

女孩们都很高兴被埋在沙子里，男孩们也很高兴能埋她们。这是一个青少年的墓地聚会，因为他们已无事可做了。他们被毛巾、啤酒罐、沙滩篮、野餐剩菜等包围了。

　　当我们经过他们，走向太平洋时，他们并没有特别关注我们。在那里，我在意念上捏了捏自己，以确认我仍然在这张基督赋予的照片中。

原谅

这个故事是一个叫"埃尔迈拉"的故事的密友，甚至可能是那个故事的一个恋人。它们都以某种方式讲述长汤姆河和我青春的时光。那时我还是一个十几岁的孩子，不知何故，长汤姆河是我精神 DNA 的一部分。

我真的需要那条河。这是我生活中一些仍悬而未决的复杂问题的原初答案。

我很清楚理查德·布劳提根写过一本名为《在美国钓鳟鱼》的小说，该小说全面论述了钓鳟鱼及其复杂多变的环境，所以我有点不好意思尝试相同主题的东西，但我会继续下去，因为这是一个我不得不讲述的故事。

我过去常常在远山中的长汤姆河上钓鱼，那条河的部分区域还没有一张摆着畅销书的咖啡桌宽。

那里的鳟鱼是大约六到十英寸长的切喉鳟，抓起来非常有挑战性。我很擅长钓"长汤姆"，如果我运气好的话，一个多小时内就能钓到十条鱼，这也是我的上限了。

长汤姆河离我家有四十英里。我通常在下午晚些时候搭便车到那里，在黄昏时分离开，再搭四十英里的便车回家。

有几次我在雨中搭便车，在雨中钓鱼，又在雨中搭便车回来。我在一个潮湿的圈子里走了八十英里。

我会在一座横跨长汤姆河的桥上下车，走半英里到另一座横跨这条河的桥上钓鱼。那是一座看起来像天使的木桥。河水有点浑浊。那是一种穿过慵懒的湿润景观，在两座桥间轻柔垂钓的体验。

第二座桥看起来像一位白色的木天使，桥下的长汤姆河以非常奇怪的方式流入。水很黑，有种阴森的感觉，让人难以忘怀，就像这样：每一百码左右，就有一个巨大而开阔的沼泽状水池，然后河水从水池中流出，流入湍急的浅水流中，被树木紧紧覆盖，像一条模糊的编织隧道一样，直到它到达下一个沼泽水池。我很少让长汤姆河把我带到那里。

但八月的一个下午，有些晚了，我去"天使桥"钓鱼，钓得不太好。我只钓到四五条鳟鱼。

当时正在下雨，山上非常暖和，接近日落，实际上可能已经是日暮时分了。因为在下雨，我也不能准确地知道是什么时候。

事情是：我被一个愚蠢而幼稚的想法带跑了，我想尝试在桥下钓鱼，去那些"编织的"河流隧道和大沼泽般开阔的水池。

实在太晚了，真不该去那里，我应该转身离开，在雨中搭四十英里的便车回家。

我应该满足于目前的收获的。

然而，哦不，我开始在那下面钓鱼。隧道里是热带气候，我在隧道流入大沼泽状水池的地方钓鳟鱼。然后我不得不在又深又暖的泥浆中蹚过水池。

我错失了一条大约十三英寸长的鳟鱼，这真的激发了我的兴致，所以我继续往深处走去，直到经过了"木天使桥"后的第六个沼泽池。突然，毫无防备，光在几分钟之内消失了，一切进入了黑夜。我在黑暗中，站在第六个沼泽池中间。在我面前除了黑暗和水，什么也没有，在我身后除了黑暗和水，什么也没有。

最奇怪的、要命的恐惧感穿透了我。这就像一盏水晶吊灯，由肾上腺素制成，在地震中疯狂摇摆，我转身逃向河边，像鳄鱼一样在大沼泽状水池周围溅起水花，像狗一样在浅隧道里奔跑。

世界上的每一种恐怖都在我的背后，在我的身边，在我的正前方，它们都没有名字，除了感知本身，没有任何形状。

当我终于跑出最后一条隧道，看到桥那朦胧的白色轮廓在夜色中耸立，我的灵魂终于在拯救和庇护的画面中重生了。

随着我越来越近，这座桥在我的眼中像一位白色的木制天使一样绽放，直到我坐在桥上，休息，浑身湿透，但在持续不断的山间夜雨中一点也不冷。

我希望理查德·布劳提根能原谅我写这个故事。

美国国旗贴花

这个故事从一辆小货车后窗上的美国国旗贴花说起。其实你几乎看不到它，因为那辆小货车很远，然后它在一条辅路下了高速公路，已经不见了。但不知怎么的，我们又开始了。

在东部的纽约等地度过了非常不愉快的一个月后，回到加利福尼亚是件好事。在那里喝了太多酒，秋雨连绵，情事不断，这些都是我不开心的写照。

现在，我们和一个朋友开车穿过加州的乡村，我们要做的就是找人修理他的化粪池。那真是一团糟。我们现在需要一个靠了解和处理化粪池为生的人。

我们沿着一条又一条路开车，寻找一个专职的化粪池修理工。我们停在一个我们认为这样的人会住的地方，但我们错得离谱。那是一个卖蜂蜜的地方。

我们不知道我们是如何犯下这个错误的。一个化粪池修理工和一些躲在纱门后面卖蜂蜜的女人完全不搭边。

我们认为这很有趣，她们也这么觉得。我们嘲笑自己，她们也嘲笑我们。我们很搞笑，我们开着车，探讨着一个人要经历多少外在与内在的磨炼才能最终成为一个杂货店老板或者一名医生或者化粪池专家或者一个被当成化粪池修理工的蜂蜜卖家。

在一小段幽默的精神距离之外，我们找到了一个化粪池修理工。他在家，周围堆满他成功维修化粪池所需的装备。

三个人正在修理一辆卡车。他们停下手里的活，转脸看着我们。他们以一种乡下闲谈的语气，严肃地告诉我们：

"不，今天不行。我们必须修好这辆卡车，这样我们才能去猎熊。"

对，就是这样：他们想修好卡车，这样他们就可以去猎熊了。我们的化粪池是透明的，像孩子一样。熊比它更重要。我很高兴回到加州。

第一次世界大战洛杉矶飞机

他被发现死于洛杉矶一栋出租屋里置于前屋地板上的电视机旁。我妻子去商店买一些冰激凌。一家傍晚时分离家只有几个街区的商店。我们当时心情很好。电话铃响了。是她弟弟，说她父亲在那天下午去世了。他七十岁了。我等她带着冰激凌回家。我试图想出最好的方法告诉她，说她父亲死的时候没有痛苦，但是你没法用语言掩饰死亡。总是在语言的结尾，有人死了。

她从商店回来时非常高兴。

"怎么了？"她问。

"你弟弟刚从洛杉矶打来电话。"我说。

"发生了什么？"她问。

"今天下午你父亲去世了。"

那是在1960年，而此刻离1970年只有几周了。

他已经死了将近十年了，我已经思考过他的死对我们所有人意味着什么。

1. 他有德国血统，在南达科他州的一个农场长大。他的祖父是一个可怕的暴君，完全毁了他的三个成年儿子，他像他们小时候一样对待他们。在他眼中，他们从未长大；在他们自己眼中，他们也从未长大。他确保了这一点。他们从未离开过农场。他们当然结婚了，但除了他孙辈的子女，他包办他们所有的家庭事务。他从不允许他们管教自己的孩子。他替他们解决了这个问题。我妻子的父亲认为，自己的父亲像是另一个哥哥，总是试图逃避祖父那永不止息的愤怒。

2. 他很聪明，所以他十八岁时成了一名教师，离开了农场，这是对他祖父发起的一次革命。从那天起，在他祖父心里，他就已经死了。他不想落得跟他父亲一样的下场，躲在谷仓后面。他在中西部教了三年书，然后在汽车销售的先驱时期，做了一名汽车推销员。

3. 他有过一次早婚，随后又早早离婚，但是他对那位还有感情。这段婚姻像骷髅一样悬在她家的衣橱里，因为他试图藏住这个秘密。他当时可能用情很深。

4. 就在第一次世界大战前，发生了一场可怕的车祸，一行人除了他都死了。这是那种可怕的事故之一，会在死者的家人和朋友身上，留下像历史地标一样深刻的精神创伤。

5. 当美国在 1917 年加入第一次世界大战时，他决定当一名飞行员，尽管他当时已经快三十岁了。他被告知他是不可能被录用的，因为年纪太大，但他把非常多的精力投入到对飞行的渴望中，以至于他被飞行员训练营录取了，去了佛罗里达，成了一名飞行员。

1918 年，他去了法国，驾驶着一架德·哈维兰飞机，轰炸了法国的一个火车站。有一天，当他飞过德国边境线时，周围开始出现乌云，他觉得它们很美，又飞了好一阵才意识到那些是试图击落他的德国高射炮。

另一次，他在法国上空飞行。在他的飞机尾部出现了彩虹。飞机的每一个转弯后面，彩虹也同样跟着转弯。1918 年的一个下午，彩虹跟随他穿过法国的天空。

6. 战争结束后，他作为一名上尉退役了。他乘火车穿过得克萨斯州时，坐在他旁边的一名中年男子说："如果我像你一样年轻，有一点额外的现金，我会去爱达荷州开一家银行。爱达荷州的银行业有着美好的未来。"

7. 她父亲就是这么做的。

8. 他去了爱达荷州，创办了一家银行，很快又有了三家支行和一个大牧场。那时是 1926 年，到目前为止一切都很顺利。

9. 他娶了一位比他小十六岁的教师，他们乘火车去费城度蜜月，在那里待了一周。

10. 1929 年股市崩盘，他受到重创，不得不放弃他的银行和一家他顺便买的杂货店，但他仍然拥有农场，尽管他不得不将它抵押。

11. 1931 年，他决定开始养羊，养了一大群羊，他对自己的牧羊人非常好。以至于在爱达荷州他住的那块地方，这成了别人八卦的话题。羊得了某种可怕的羊瘟，全部死了。

12. 1933 年，他又搞了一大群羊，并继续对他的牧羊人好，这使得流言更多了。1934 年，这些羊得了某种可怕的羊瘟，全部死了。

13. 他给了他的手下们一大笔奖金，退出了牧羊业。

14. 卖掉农场后，他的钱只够偿还所有债务以及买一辆全新的雪佛兰，他把家人都装进去，然后开车驶向加州重新开始。

15. 他四十四岁了，有一个二十八岁的妻子和一个襁褓中的女儿。

16. 他在加州不认识任何人，当时是大萧条时期。

17. 他的妻子在修剪棚里工作了一段时间，他在好莱坞的一家停车场帮人停车。

18. 他在一家小建筑公司找到了一份簿记员的工作。

19. 他妻子生了一个儿子。

20. 1940 年，他短暂涉足加州房地产市场，但后来决定不再继续，回到了建筑公司做簿记员。

21. 他的妻子在一家杂货店找到了一份收银员的工作，她在那里工作了八年，后来一名助理经理辞职开了自己的店，她去为他工作，直到现在。

22. 她在同一家杂货店做了二十三年的收银员。

23. 她直到四十岁都很漂亮。

24. 建筑公司解雇了他。他们说他太老了，无法再胜任簿记员的工作。他们开玩笑说："现在是你该去放牧的时候了。"他五十九岁。

25. 他们租下和他们住过二十五年的房子一样的房子，尽管他们可以一次性买下它，不需要首付，也不需要每月支付 50 美元。

26. 当他女儿上高中时，他在那里当清洁工。她在大厅里看见了他。他清洁工的工作是一个很少在家里讨论的话题。

27. 她母亲会为他们俩做午餐。

28. 他六十五岁退休，成为一名非常细心的甜酒酒鬼。他喜欢喝威士忌，但他们的收入不允许他一直喝下去。他大部分时间都待在家里，在妻子出发去杂货店工作几小时后，大约十点钟开始喝酒。

29. 他会在一天的时间里静静地喝醉。他总是把酒瓶藏在橱柜里，偷偷从里面拿出来喝，尽管他是一个人在家。

他很少搞得很乱，当他妻子下班回家时，房子总是干净的。但没过多久，他就开始像酒鬼一样小心翼翼地走路，努力表现得好像没有喝醉一样。

30. 他用甜酒代替生活，因为他再也没有生活可用了。

31. 他看下午的电视。

32. 有一次，当他驾驶着一架第一次世界大战的飞机，携带着炸弹和机枪，飞过法国的天空时，他的身后跟着彩虹。

33. "今天下午你父亲去世了。"

当我们所有人都被遗忘，人们还在阅读布劳提根。

——肯·凯西